8° Yf
1059

LE
...ATRE AU PUY-EN-VELAY

NOTES HISTORIQUES

PAR

HENRY MOSNIER

PARIS

H. CHAMPION, LIBRAIRE,

15, quai Malaquais, 15.

1880

LE

THÉÂTRE AU PUY-EN-VELAY

NOTES HISTORIQUES

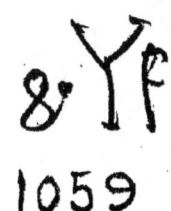

8·Yf

1059

*à mon cher tonton Fortuné,
affectueux hommage*

Th. Mosnier

LE

THÉATRE AU PUY-EN-VELAY

NOTES HISTORIQUES

PAR

HENRY MOSNIER

LE PUY

TYPOGRAPHIE ET LITHOGRAPHIE MARCHESSOU FILS

23, boulevard Saint-Laurent, 23.

1880

INTRODUCTION

Le jeune et sympathique auteur de cette notice m'ayant fait l'honneur et l'amitié de me
demander quelques lignes d'introduction, je
cède d'autant plus volontiers à cette aimable
invitation que j'éprouve un vif plaisir à causer
de feu notre théâtre, qui a été une des plus
grandes joies de ma jeunesse. Grâce à cette
vivacité d'impressions qu'on ne possède qu'au
début de la vie, les représentations données dans
notre ville étaient pour moi l'idéal de l'art dramatique. Le souvenir m'en était toujours présent : les décors de paysage ne me faisaient pas
rêver de la campagne, c'était au contraire la
campagne qui me faisait songer aux décors, et,
si j'entrais dans un bois, mon esprit se reportait
au décor de la forêt et aux scènes plus ou moins
émouvantes que j'avais vu représenter devant
cette toile peinte. Revenais-je de villégiature?
Dans ce magnifique panorama qu'on aperçoit
des hauteurs de Ronzon, dans cette chère et
vieille cité qui se déploie comme un vaste

manteau sur les flancs du mont Anis, mes yeux cherchaient tout d'abord le toit de notre modeste théâtre, où je me promettais le charme de représentations prochaines.

C'est qu'il faut bien le dire aussi, ces représentations avaient alors une animation et un éclat dont ne se doutent pas nos jeunes compatriotes. La salle était charmante d'élégance et de bon goût. Je la vois encore avec son Apollon et ses neuf Muses planant dans l'azur et les nuages, avec son rideau parsemé d'étoiles, orné au centre d'une lyre d'or, et se terminant par la peinture d'un large bas-relief, or sur fond blanc, représentant le *Triomphe de Silène*, le vieux compagnon de Bacchus, juché sur un âne et accompagné d'un joyeux cortège de Faunes et de Bacchantes.

Les décors étaient également exécutés avec beaucoup d'art, et l'on put en jouir jusqu'en 1844, époque à laquelle un peintre ambulant proposa à l'administration de refaire la décoration de la salle et de la scène, moyennant un prix assez modeste. Comme la politique et l'esprit de parti n'avaient rien à voir en cette affaire, il arriva naturellement que l'administration en prit peu de souci, et laissa carte blanche à l'artiste qui couvrit les vieilles toiles d'un indigne barbouillage.

En outre, sous la Restauration et Louis-Phi-
lippe, tous les habitants du Puy, sans absurde
distinction de castes, fréquentaient le théâtre;
et, sûres de trouver chez nous cet empressement hospitalier, les troupes dramatiques ne
manquaient pas. M. Mosnier en donne la longue
nomenclature, et cite particulièrement celle à
laquelle appartenait Rose Chéri, la brillante
étoile dont nous avons pu voir scintiller les premiers rayons.

Disons encore que dans cette heureuse
période il régnait dans notre ville une no-
ble prédilection, non-seulement pour le théâtre, mais encore pour la poésie et la musique.
Le *Journal de la Haute-Loire*, dont le format
ne dépassait pas alors celui d'un in-8°, trouvait
pourtant assez de place pour insérer des odes,
des sonnets, des chansons, etc., d'auteurs indi-
gènes. Chaque année, au musée Caroline (aujourd'hui salle Sainte-Marie), la Société d'agriculture, sciences, arts et commerce tenait une
séance solennelle où se pressait un public élégant,
venu pour applaudir les vers de nos poètes. Il y
avait aussi, à la même époque, une société philharmonique qui composait l'orchestre des opéras-
comiques joués sur notre théâtre, où la troupe Pastelot, de Saint-Etienne, venait souvent donner les
chefs-d'œuvre de Boieldieu, d'Hérold et d'Auber.

Maintenant, plus de séances littéraires, plus de société philharmonique, enfin plus de théâtre !... Et voilà le progrès !

Tout ce qu'on accordait autrefois de préoccupations aux lettres, aux arts, à la poésie, on le donne à la politique. C'est une véritable fièvre, passée à l'état chronique, et qui, hélas ! sous tous les régimes, a toujours bien moins eu pour aliment le souci des intérêts généraux du pays que les mesquines querelles de clocher et les sentiments personnels d'ambition, d'envie ou de rancune. Ce qui le prouve, c'est que plus une bourgade est petite, plus aussi les divisions y sont profondes et les haines acharnées, l'esprit de rivalité se concentrant sur un nombre très restreint de personnes, sans cesse en présence les unes des autres. Tristes querelles qui nous absorbent au point de nous fermer les yeux à toute prévoyance, comme on a pu le voir en mainte occasion, notamment dans la période qui a précédé la dernière guerre, et qui font songer aux disputes qu'auraient entre eux les officiers d'un équipage pour la prééminence des grades, sans s'inquiéter ni du flot qui grossit et gronde, ni des nuages noirs qui montent à l'horizon !

L'établissement d'un théâtre formerait pour le Puy une heureuse diversion à ces luttes intestines et un précieux dérivatif aux préoccupations politiques qui obsèdent les esprits. Il ramènerait le goût des plaisirs intellectuels de toutes sortes, car ils s'éveillent les uns les autres : une pièce de Molière, de Corneille, de Shakspeare nous incite à lire le répertoire de l'auteur, un drame historique à feuilleter l'histoire, une comédie Louis XV à consulter les mémoires du temps, un opéra-comique à jouer les airs qui nous ont plu, etc. Notre cerveau est semblable à une lyre dont il suffit d'ébranler une corde pour que toutes les autres vibrent en même temps.

On construit un marché à la place du théâtre. Sans doute, c'est fort bien pour nos besoins matériels ; mais, comme le corps, l'intelligence languit et s'étiole si elle manque d'aliments : il lui faut donc aussi son marché couvert. La ville est fière, à juste titre, de son jardin, de ses places, de ses promenades ; mais l'esprit n'a-t-il pas également besoin de délassements et de plaisirs, et en est-il qui soient plus agréables et d'un ordre plus élevé que ceux du théâtre ? J'en prends à témoin la vogue qu'il a dans toute l'Europe, et dont les progrès s'étendent, avec ceux de la civilisation, jusqu'aux derniers confins du monde.

Ajoutons que cette vogue est bien justifiée par l'éclat de la plupart des œuvres dramati-

ques de notre siècle, signées Hugo, Dumas,
Scribe, Ponsard, Augier, Sardou, Labiche,
d'Ennery, Gondinet, Meilhac, etc.

D'ailleurs, ce n'est pas seulement pour la représentation d'ouvrages dramatiques qu'un
théâtre est nécessaire, il l'est encore pour les
concerts et généralement toutes les fêtes de
bienfaisance.

Mais, objecte-t-on, pourquoi un nouveau
théâtre dans notre ville, puisque, pendant ces
dernières années, on n'allait pas à l'ancien ?
Eh ! mon Dieu, on n'allait pas à l'ancien tout
simplement parce qu'il se trouvait dans l'état de
délabrement que signale M. Mosnier et qu'y
mettre le pied, c'était risquer sa vie. Cependant,
souvenez-vous que, malgré cela, les places mo-
destes étaient presque toujours occupées, quelque incommodes qu'elles fussent. La population
ouvrière du Puy aime passionnément le théâtre,
et les directeurs qui se sont succédé dans notre
ville m'ont toujours dit que c'était le parterre et
les secondes qui les faisaient vivre. Ayons un
théâtre à loges fermées pour les premières,
avec de vastes amphithéâtres pour les petites
places, et nous verrons la foule accourir.

Pourquoi donc la ville du Puy n'aurait-elle
pas un théâtre quand nombre de villes, bien
moins importantes, ont cependant le leur ? Vou-

lez-vous des chiffres ? C'est encore ce qu'il y a
de plus éloquent. Le recensement opéré en 1876
attribue au Puy une population de 19,250 âmes.
Or, savez-vous combien, d'après le *Bulletin de
la Société des auteurs dramatiques*, il existe
en France de villes dotées d'un théâtre,
quoique ayant une population inférieure à la
nôtre ? Il y en a 289 ! Et notez que, dans ce
chiffre, je ne comprends que les théâtres ayant
produit des droits d'auteur, c'est-à-dire ayant
eu des troupes dramatiques, pendant le dernier
exercice relevé au *Bulletin* (1878-1879).

Eh bien ! je le demande, si ces petites loca-
lités parviennent à soutenir un théâtre, pourquoi n'en serait-il pas ainsi au Puy? Sommes-
nous plus barbares, plus welches, plus insen-
sibles aux satisfactions de l'intelligence que les
habitants de Romorantin, de Senlis, de Semur,
de Saint-Pourçain, de Pont-à-Mousson, etc.,
etc.? Poser la question, c'est la résoudre, comme
disent les avocats ; et ce serait faire injure à nos
concitoyens que de discuter celle-là.

Voici venir la période des élections municipales; elles auront lieu vers la fin de l'automne,
le temps des semailles, époque où candidats de
toutes nuances sèmeront à l'envi des promesses
pour récolter des votes. Faisons-leur promettre
alors de nous rendre un théâtre.

Ce qui prouve encore l'opportunité de cette reconstruction, c'est la prospérité dont a joui notre ancienne salle, ainsi que l'expose M. Henry Mosnier dans son intéressante notice. Tout le monde la lira avec plaisir, car elle est d'un style élégant et remplie de piquants détails, fruit de laborieuses recherches. Notre pauvre théâtre, devenu plus que centenaire quand la pioche l'a frappé, méritait bien cette oraison funèbre. Elle formera une très-curieuse page de notre histoire locale, et nous devons remercier M. Mosnier de l'avoir écrite.

ACHILLE EYRAUD.

LES ORIGINES

DU

THÉATRE AU PUY

La pioche des démolisseurs vient d'abattre le
dernier pan de mur de la salle de spectacle où pendant plus d'un siècle, plusieurs générations de *Ponots* sont venues tour à tour rire ou pleurer.

Lézardée, vermoulue, rongée par la vétusté, cra-
quant de toutes parts, n'ayant conservé aucun reste
de son ancienne splendeur, depuis longtemps cette
vénérable salle attendait le coup de grâce. Nos édi-
les le lui ont enfin donné, ainsi qu'aux maisons
voisines ses contemporaines ; une vaste trouée est
venue apporter l'air et la lumière à un quartier jusqu'ici bien déshérité, et bientôt l'on cherchera,
comme les archéologues cherchent celle de Troie
ou de Ninive, la place où s'agitèrent les vieux marquis du répertoire, les vaporeuses ingénues, les
soubrettes délurées auxquelles on donnait dix louis
dans une bourse à coulants pour porter un billet
doux, les grosses duègnes à l'air majestueux ! A

tout jamais ont disparu les palais marmoréens, les places publiques aux vastes perspectives, les jardins pleins de fleurs, les forêts ombreuses où défila si souvent le brillant cortège des princesses et des nobles demoiselles d'opéra comique, des amoureux aux longues perruques bouclées et aux moustaches irrésistibles, où resplendit toute l'éclatante friperie des satins aurores, des soies damassées, des velours de coton, des dentelles en calicot brodé à l'emporte-pièce, aussi voyantes, aussi magnifiques au soleil de la rampe que les plus délicates guipures vellaviennes ! Où fut cette scène qu'hantèrent si longtemps Melpomène, Thalie, Euterpe, Terpsichore, Erato, pour y danser la ronde sacrée en tenant par la main cette dixième sœur « la Muse en jupe courte, à la jambe leste, au regard hardi, » l'Opérette, — cette scène où pendant plus de cent ans, chanteurs, comédiens et danseurs se sont donné rendez-vous, dans le but de nous émouvoir, de nous divertir, de nous charmer ?

Les Othello, les Roméo, les Lenora, les Rosina, les comtes, ducs et marquis, bottés à la Souvaroff, éperonnés, casqués de zinc avec leurs bonnes lames de Tolède, ces amantes héroïques, ces douairières poudrées, ont fui pour toujours ces parages qui ne sauraient plus leur offrir la plus modeste des hospitalités !

Nous ne pouvons, ce nous semble, laisser ainsi

disparaître notre vieux théâtre de la rue des Aix, sans lui consacrer un souvenir, sans dresser son état civil inconnu d'un grand nombre et rappeler ses jours de gloire.

Les anciens habitants du Puy semblent avoir eu pour les divertissements scéniques un penchant plus marqué que n'en montrent nos contemporains. Alors que pendant la première moitié, ou tout au moins le premier tiers de ce siècle, le théâtre était fréquenté par la population toute entière, sans distinction de classes, de clans ou de coteries, si bien que depuis les avant-scènes jusqu'au *paradis*, toutes les places étaient presque toujours occupées, en dernier lieu, les acteurs en représentation au Puy jouaient le plus souvent devant une salle à moitié vide. L'on comprend combien leurs recettes avaient à souffrir de cette abstention de la grande majorité du public; aussi les troupes dramatiques sérieuses avaient-elles marqué le chef-lieu de la Haute-Loire d'un point noir pareil à celui de feu Dupin, et seuls des *cabots* faméliques, rapés, rappelant les héros du Roman Comique, des actrices de hasard, rebuts d'Aurillac ou de Montbrison, consentaient à s'arrêter chez nous pour quelques soirées.

Cette indifférence de nos concitoyens pour le spectacle était plus tôt apparente que réelle : dans ces dernières années, la salle de spectacle du quartier Saint-Jacques, se trouvait dans un tel état de délabrement, disons plus, de sordidité, que les habitants du Puy, où le confort de la vie moderne a pénétré comme ailleurs, ne pouvaient plus s'aventurer dans ces couloirs tapissés de toiles d'araignées, et dans ces loges poussiéreuses dont les banquettes laissaient échapper de leurs flancs entr'ouverts une étoupe centenaire.

Aussitôt que les finances municipales ou la libéralité d'un nouveau Crozatier le permettront, que l'on dote la cité d'Anis d'une salle, sinon monumentale, — nous ne demandons point une réédition du chef-d'œuvre de M. Garnier, — du moins propre et coquette, et notre population s'y précipitera pour applaudir les artistes sérieux qui ne manqueront pas de nous visiter.

Le pays des Vellaves vit-il s'élever, durant l'occupation romaine, l'un de ces vastes théâtres tels que les conquérants du monde savaient les édifier ? Ce point douteux de l'histoire des origines de notre cité reste encore à élucider. L'on sait cependant que le peuple romain professait pour l'art dramatique un vrai culte et plusieurs spécimens des salles gigantesques qu'il avait bâties, à cet usage, dans des villes relativement peu importantes sont parvenus jusqu'à nous. Il n'y aurait donc rien de trop improbable de penser que divers fragments lapidaires recueillis au musée Crozatier pourraient provenir d'une salle semblable.

Un hasard heureux permettra-t-il un jour, à un de nos archéologues, de changer en certitude cette hypothèse un peu risquée ?

Quant à l'existence à Anicium d'un cirque destiné aux combats de gladiateurs, courses de chars, etc., elle paraît beaucoup plus probable. L'on voit encore, en effet, dans le voisinage de la Cathédrale, d'importants vestiges d'une très-ancienne église romane connue sous le nom de Saint-Pierre-des-*Arènes*. N'est-ce pas là un sérieux indice, si l'on observe surtout que les Romains bâtissaient souvent leurs arènes sur des points culminants, ainsi qu'en témoignent les restes de celles de Lyon, Paris, Limoges, etc. ?

Pendant tout le cours du Moyen-Age et des siècles qui le suivirent, les représentations de mystères, de moralités, de bergeries, etc., entrèrent certainement pour une large part dans le programme de toutes les réjouissances publiques. Malheureusement les documents nous font défaut pour retracer les fastes de ces divertissements et nous ne pouvons nous en tenir qu'aux conjectures.

A partir du commencement du xvi° siècle, nous sommes un peu mieux renseignés. Médicis, cette providence des chercheurs dont le champ d'investigations ne dépasse pas les limites du xvi° siècle, Médicis, après avoir mentionné la représentation, en 1518, du *Mystère* de Claude

Doléson, un enfant de la cité, nous donne un récit très détaillé des fêtes célébrées au Puy, à l'occasion du mariage du roi François Ier et de la reddition des enfants de France otages en Espagne. Notre chroniqueur rapporte que le lundi 1er août 1530, après maintes cérémonies, processions, etc., « l'après-dînée de ce jour fut que chacun se retira au Martouret, tant par la place que sur les chaffaulx quy estoient faits, tant pour le commun que pour autres particuliers gens d'estat de ladite ville pour ouyr les jeux et joyeuses devises et du tout qui à cause de ce avoient esté faicts.

« Et pour iceulx jeux et esbatements joyeulx ouyr, messeigneurs les Consuls envoiarent quérir messieurs les personats et chanoines de l'église cathédrale et messieurs les gens de justice. Et estre arrivés se assirent au long d'un grant siége les ungs parmy les autres, comme bons frères et amys; sans y regarder nulle gravité ni estat, mais pesle mesle tant amyablement que possible fut.

« Et estre arrivés les joueurs qui estoient marchands de ladite ville jouarent une bergerie moralisée faicte au propos tout recentement, qui fut fort joieuse, bien jouée et briève. Et pour ce que grant chaleur faisoit, les susdicts seigneurs Consuls envoyarent quérir force vin et dragée, pour donner collation aux gens d'estat et autres qui audit chaffault estoient. Et la collation faicte après bonne silence, messeigneurs les notaires de ladite ville jouarent une autre facétie de ladite paix, fort bonne et briève, et icelle jouée autres marchands de ladite ville en jouarent encore une autre que pareillement fut aussi fort bonne, briesve et bien jouée, qui fut la dernière (1). »

La soirée se termina par des courses de chevaux, des tournois au Breuil et des danses.

Notre chroniqueur mentionne aussi la représentation, en juillet 1533, des scènes allégoriques des sept arts libéraux reproduisant les sujets des peintures murales dont Pierre Odin avait « estouffé la librairie du Chapitre, représentées par de jeunes dames de la ville toutes accoutrées de fin taffetas de diverses couleurs à façons antiques et estranges et leurs cheveulx et testes à gaudailles et coiffées de chaynes d'or et d'autres façons de divers entrelassements estranges » (2).

Le 25 juillet 1535, une représentation donnée par un bateleur de passage amena une catastrophe.

Cet *artiste*, « qui faisait maintes choses plaisantes et récréatives », avait loué le troisième étage de la maison de Médicis, située rue Panessac, pour « y démontrer par personnaiges allant et venant par

(1) *Médicis. Le Livre de Podio*, tom. I, p. 331.
(2) *Id.*, tom., I, p. 350.

contrepoix la nativité de Notre-Seigneur Jésus-
Christ et autres singularités. » Un public nombreux
avait envahi la salle de spectacle et manifestait
une admiration sans bornes pour les tours stupé-
fiants du prestidigitateur, quand le plancher s'effon-
drant entraîna dans sa chute plus de trois cents personnes. Cet effondrement avait été si soudain que
l'on s'attendait à trouver sans vie, sous les décombres, de nombreux spectateurs ; l'on n'eut en somme
à déplorer que la mort de trois jeunes enfants (1).
Ces accidents se renouvelaient trop souvent, on
en verra plus loin d'autres exemples.

Le 30 avril 1559, en l'honneur de la paix con-
clue entre la France et l'Espagne, fut encore jouée
au Martouret, « par certains jeunes enfants, une
brième histoire moralisée touchant la paix qui fut
assez recréative » (2).

Le continuateur de Médicis, Burel, nous a aussi
conservé le souvenir de plusieurs représentations
théâtrales.

« En l'an 1575, dit-il, les troys jours de la
Penthecoste, fut jouée l'histoire de David et de Go-
lias géant, au devant l'esglise Saint George, où y
eust grande compaigne de l'esglise, noblesse et habitans de la ville en grand réjouissance » (3).

(1) *Médicis, loc. cit.* tome I, p. 369.
(2) *Id.,* tome I, n° 484.
(3) *Chroniques de Burel*, p. 42.

Dix ans plus tard, le jour de la Pentecôte 1585, fut « jouée et démontrée par personnages l'hystoire de la mort d'Olofernes par les mains de la dame Judith et dura deux jours, sur ung eschafault de la place Sainct Pierre le Monastier où avoit grande assemblée de peuple » (1).

Le 1er mai, fut jouée « l'histoire du *Malvès Riche* ly ayant 80 personnaiges et en le jouant les nouvelles vindrent aux consulz que les enfans de la viscontesse de Chaste estyont à la porte que vollyont entrer.

« Donc les consuls sont allé ovrir la porte de la ville et les ont admené là bas voir ledict jeu. Et ayant joué la moityé de ladicte hystoire, un eschafault tumba ; mais il n'eust personne tuée, grâces à Dieu ; plusieurs hommes et fammes furent blessés et estropiés et il fallut laisser de jouer l'histoire jusques à landemain à cause du grand esclandre que le peuple vennoict à dire aux consulz (2). »

Il était d'usage, paraît-il, de solenniser la Pentecôte par des divertissements scéniques (3). En

(1) *Id.*, p. 90.
(2) *Burel*, p. 342.
(3) Cet usage semble s'être perpétué jusque dans la première moitié de ce siècle sur certains points de la Haute-Loire. Les fêtes de la Pentecôte servaient tout au moins, alors, de prétexte à des mascarades et farandoles. C'est ainsi qu'il y a quelques cinquante ans

1600 et en 1608, à l'occasion de cette grande fête de l'Eglise, furent jouées deux pièces dues à la plume de Jacques Mondot, prieur de Saint-Pierre-le-Monastier. La première, où figurèrent trente personnages, avait pour sujet l'histoire de Joseph vendu par ses frères. La deuxième, retraçant l'histoire de Daniel, était jouée par soixante ou quatre-vingts personnages. « Faisoict Daniel, ung filz ds M. le Juge-Mage, nommé M. de Massibiau, Nabuchodonosor estoit représanté par M. le doucteur Le Blanc ; Jouatin représanté par M. d'Orvy, Suzanne représantée par la fille de M. Jourdan, la jeune famme de Jacques Ranquet. »

Peu de villes possédaient, à cette époque, une salle de spectacle. Les représentations théâtrales, et surtout celles des Mystères, avaient lieu en plein air, ce qui permettait de réunir une très nombreuse assistance et donnait à ces fêtes un caractère essentiellement populaire, quoique l'entrée de l'enceinte réservée au public ne fût pas ordinairement gratuite.

à peine ces réjouissances donnèrent lieu, à Chanteuges, à des scènes de désordres. Une bande de jeunes gens, travestis et masqués, s'introduisit à l'église, pendant la cérémonie des vêpres et y causa un scandale bien vite réprimé. Sur cet ancien usage, voy. Félix Grellet : *Chanteuges, son histoire, etc.* Ann. de la Société d'Agriculture pour 1839, p. 273.

Les trois unités, et surtout celles de lieu étant absolument inconnues aux acteurs des mystères, la scène devait représenter à la fois une foule de lieux divers : paradis, enfer, temples, palais, chaumières, places publiques, campagnes et déserts. Aussi, avait-elle, dans le principe, ces formes insolites dont la tradition s'est conservée dans ces tryptiques promenés encore aujourd'hui dans les campagnes par nos marchands de cantiques, et dont chaque case reproduit un épisode de la vie de saint Roch ou de sainte Philomène. Toutes ces décorations diverses étaient disposées sur une seule ligne comme les tableaux composant une galerie, et le théâtre atteignait parfois en largeur des dimensions énormes embrassant la demi-circonférence d'une vaste place publique. Plus tard, dans le but de concentrer l'action dans l'espace le plus restreint possible, on adopta la division par étages, et le théâtre fut formé de galeries superposées s'élevant jusqu'à la hauteur d'une maison de 4 à 5 étages, chaque galerie se subdivisant au moyen de cloisons.

De ces deux modes de construction, le plus simple et le plus économique fut, sans doute, usité au Puy.

Sur cette vaste scène se mouvait un nombre considérable d'acteurs pris dans les diverses classes des habitants et qui devaient se fournir de costumes.

Quant aux spectateurs, ils étaient répartis dans plusieurs catégories de places aménagées sur des gradins en amphithéâtre (1).

Des ballets furent également donnés au Puy pendant le xviie siècle.

Inventés en Italie, à la fin du xve siècle, ces divertissements chorégraphiques devinrent, en effet, l'objet d'une grande vogue, du jour où le Roi-Soleil, au temps de sa jeunesse, en fit exécuter dans lesquels il dansa avec toute sa cour.

Les ballets reproduisaient des sujets historiques tels que la prise de Troie, les batailles d'Alexandre, etc., des tableaux allégoriques ou tirés de la fable. La division ordinaire de ces compositions était en cinq actes. Chaque acte se divisait en trois, six, neuf et quelquefois douze entrées entremêlées de récits ordinairement en vers et mis en musique. On appelait entrée un ou plusieurs quadrilles de danseurs qui, par leurs gestes, leur attitude, représentaient la partie de l'action dont ils étaient chargés. Pour faire naître, entretenir, accroître l'illusion, on avait parfois recours à l'art des

---

(1) Pour de plus amples détails, sur les représentations des Mystères, voy. notamment Emile Morice : *De la mise en scène depuis les Mystères jusqu'au Cid*; et aussi, E. Giraud : *Le Mystère des Trois-Doms joué à Romans en 1509*. Lyon, Perrin, 1848, 1 vol. in-4.

machines, trucs, changements à vue, etc. (1).

A partir de 1681, époque à laquelle fut dansé à Saint-Germain *le Triomphe de l'Amour* dû à la collaboration de Lulli et Quinault, le grand ballet disparut presque complètement et fut relégué dans les collèges.

Nous avons sous les yeux deux feuillets, — les seuls échappés probablement à la destruction, — du livret d'un ballet qui, vers 1650, fut dansé au Puy, ainsi que le démontrent les noms des figurants, appartenant tous à la noblesse ou à la bourgeoisie vellavienne. Le programme de cette fête ne sera pas sans intérêt pour nos lecteurs.

LES SENS ET LEUR PRIVATION

BALLET

Rolle des entrées.

1re entrée. Trois colporteurs vestus grotesquement, distribuant le dessein du ballet à la compagnie : M. le chevalier de Chastes, M. Jourdain, M. Bernard.

2e entrée. *La veue* représentée par un astrologue, un matelot et un peintre : M. de la Bresle, M. de Ravissac, M. de Vernoux.

(1) Pour de plus amples détails, voy. DE CAHUSAC, *La danse ancienne et moderne*. La Haye, 1754, 2 vol. in-12, tom. II, p. 80.

3e entrée. *L'Aveuglement* représenté par un viel-
leur et un des quinzevins : M. de Beaumont,
M. Irail.

4e entrée. *Le goust* représenté par un cabare-
tier, un rostisseur et un brindeur ou por-
tefaix : M. le marquis de Polignac, MM.
de Jourdan et Bernard.

5e entrée. *Le dégoust* représenté par un malade,
son médecin et sa garde : M. de Larous,
M. de Brignon, M. Martel.

6e entrée. *L'odorat* représenté par un Espagnol
parfumeur et par un jardinier vendant des
fleurs : M. le marquis de Charpey, M. le
chevalier de Chastes.

7e entrée. *Le contr'odorat* représenté par deux
Cassipagottes, peuples de l'Amérique privés
d'odorat : MM. de Marcillac et de Néron.

8e entrée. *L'ouye* représentée par un concert de
musique composé de ces trois fameux musiciens du passé, Orphée, Amphion et Arion :
M. de Beaumont, MM. Ravissac et Bernard.

9e entrée. *La surdité* représentée par deux Afri-
quains habitans près des cataractes du Nil,
dont le bruit les rend sourds : MM. de
Fernoel, Irail.

10e entrée. *Le toucher* représenté par deux cour-
tisans et une courtisane : M. le marquis
de Polignac, MM. Bernard, de Rious.

11e entrée. *L'impuissance* représentée par quatre eunuques : M. le marquis de Charpey, M. le chevalier de Chastes, MM. de Brignon, du Passage.

Grand ballet dansé par les Dames : Mme la marquise de Polignac, Mme de Fernoel, Mlles du Passage, de l'Espinasse, de La Chault, des Rois et Sigaud.

La fondation au Puy du collège des Jésuites donna une nouvelle impulsion aux représentations théâtrales, car l'on sait que ce genre de divertissements fut toujours très en honneur dans les maisons d'éducation de la Compagnie de Jésus (1).

La première pièce jouée dans cet établissement fut : *Les Misères de la vie humaine.* Elle fut représentée le 13 février 1589, devant une grande affluence de gens de distinction ; les consuls en avaient fait les frais.

Le 1er juin suivant, exhibition, sur la place du Martouret, par nos écoliers, d'un mystère : *La Manne donnée aux Juifs dans le désert.*

« Les 24e et 25e aoust 1640, nous apprend Jacmon, a esté représanté dans la basse-court des Pères jésuites, *l'histoire de saint Jacques, l'évesque*

_____

(1) V. Ernest Boysse, *Le Théâtre des jésuites.* Paris: Vaton, 1879, in-12 de 400 p.

de Nisibe, commé il fust attaqué dans ladite ville de Nisibe, lieu de sa demeure et de son evesché, par les Persans du tamptz de l'empereur Constantin, où il fesait beau voir, estant quatre-vingtz escolliers et chacun l'un portant l'autre faisoient plus de trois personnages » (1).

Parmi les autres solennités théâtrales les plus dignes de souvenir, nous citerons celle du 8 mars 1680, au même collège des Jésuites. Une pièce importante y fut jouée et de nombreux acteurs dansèrent un ballet. Voici le programme de cette représentation mémorable : nous le reproduisons d'après une plaquette aujourd'hui rarissime, petit in-4°, imprimée au Puy, par Jean-André Malescot, et dont un exemplaire est conservé à la Bibliothèque publique de cette ville :

Hermenegilde ou *la Foy triumphante dans le néophyte,* tragédie représentée par les humanistes du collège du Puy.

PERSONNAGES :

Levigilde, roy d'Espagne : Nic. Exbrayat de Lestival, du Puy.

Gosuinte, femme de Levigilde : Gab. Parand de la Chapelle, du Puy.

Hermenegilde, fils aîné de Levigilde : Amab. de Volhac, du Puy.

(1) *Mémoires manuscrits d'Antoine Jacmon,* f° 202, 2°,

Nidegonde, épouse d'Hermenegilde : Nic. de Chateauneuf de Rioux, du Puy.

Récarède, frère d'Herménégilde : Ar. Bergonhon, du Puy.

CONFIDENS D'HERMENEGILDE :

Eraste : P. Peyret de Rosières, du Puy.

Drancès : J. Labauche de Jalavoux, du Puy.

Léonie : Melch. de Chiliaguèt, de Langeac.

PRINCES ESPAGNOLS

Clarimond : J. C. Sonier, de St-Didier.

Garcia : Pierre Lobeyrac, du Puy.

Polydamas : Ignace Bergonhou, du Puy.

Talisman : Antoine de Belieure, de Lyon.

CAPITAINES :

Sevère : Melch. Vandôme de Lavoûte, de Polignac.

Hérin : Benoît Paparic, de Saugues.

———

Philandre, commissaire du Roy : Jean Berard, du Puy.

L'ange tutélaire d'Espagne : Gaspard Bergounhoux, du Puy.

———

LE TRIOMPHE DE LOUIS-LE-GRAND, *dans la métamorphose de son portrail changé en astre*, ballet dansé par les humanistes du collège du Puy, de la Compagnie de Jésus.

BIBLIOTHÈQUE NATIONALE R.F.

Ce ballet ne comprenait pas moins de cent acteurs, représentant les principaux personnages de la mythologie, les muses, les nymphes, les nations, les principaux fleuves de France, la Vélaunie, etc.

Dans le nombre des acteurs n'ayant pas joué dans la pièce précédente, nous relevons les noms de J. Bernard de la Bauche, Bernard de Lamure, du Puy, Joseph Chassagnon, de Saint-Bonnet-le-Château, Jean Sapiens Calemard, de Viverols, Jacques Boucharenc, d'Auroux, etc.

Ce divertissement avait été réglé par le sieur Mirmande, de Saint-Flour.

Huit ans plus tard, le collège célébra avec tout l'éclat que comportaient les cérémonies du temps, le centième anniversaire de sa fondation. Les fêtes organisées à cette occasion durèrent cinq jours, du 20 au 24 novembre. Nous avons sous les yeux le programme de ces réjouissances (1); il nous apprend que rien ne fut négligé pour les rendre aussi nombreuses et aussi agréables que possible.

Le premier jour, les acteurs, précédés par une bande de violons, allèrent prier les « corps principaux de la ville, d'honorer de leur présence les

_____

(1) En voici le titre : *Dessein de ce qu'on doit faire dans le collège de la Compagnie de Jésus de la ville du Puy pour célébrer la première année scolaire depuis sa fondation.* Au Puy, imprimerie de Delagarde et Malescot, 1688, une brochure de 8 pages in-4°.

diverses actions publiques qui devaient se faire »;
leur adressèrent un compliment et leur récitèrent
des épigrammes en plusieurs langues.

Les journées suivantes furent consacrées à des
exercices religieux et littéraires. Enfin, une représentation théâtrale clôtura ces fêtes. L'action exhi-
bée fut une comédie latine où l'on joua « *Un homme
qui, aimant excessivement sa santé, en prend des
soins extraordinaires et ridicules.* » — « On a tâ-
ché, dit le programme, que le latin en fût extrêmement clair, en faveur de ceux qui ne l'entendroient
pas, s'il étoit autrement. On y a mêlé beaucoup de
mouvemens extérieurs et on a mis en françois certains endroits, afin que ceux qui ne sçavent en nulle
façon le latin, y trouvent de temps en temps quelque
chose qui les attache. »

Chacun des trois actes de la pièce fut suivi d'un
intermède composé de récits en vers français, de
chants et de ballets ayant trait à l'*Etablissement du
Collège* et faisant figurer entr'autres personnages, la
Renommée « annonçant l'heureuse nouvelle de l'é-
tablissement du Parnasse dans le Puy, Apollon dé-
clarant le choix qu'il a fait du Puy pour sa demeure,
des Faunes, des Bergers, des Muses, instituant tous
une fête pour célébrer la *nouvelle alliance de la chasse
avec la science*, etc. »

Au cours du xviiie siècle, les documents sont
encore plus rares. Cependant, le goût des habitants

du Puy, pour le plaisir étant bien établi, il n'est pas douteux qu'ils n'aient cherché à attirer chez eux les troupes en représentation dans les grandes villes environnantes.

A la même époque, un imprimeur du Puy, Antoine Clet, un bon vivant, au rire franc et sonore, fit vraisemblablement jouer les pièces de sa composition.

Cet auteur, dont le père, appartenant à une famille luthérienne de Saxe, était venu se fixer au Puy, comme imprimeur, à la fin du XVIIᵉ siècle, cet auteur était un excellent musicien, un poète fort passable et faisait l'ornement des sociétés les plus distinguées. On lui doit un grand nombre de pièces fugitives, de noëls français et patois, et enfin, trois comédies : *le Sermon manqué, le Borgne* et *Monsieur Lambert*, qui ont fait longtemps les délices de nos pères. Cette dernière comédie fut représentée en 1752. L'intrigue y est presque nulle, l'action y fait presque défaut, l'unité de temps et de lieu n'y a pas été observée ; mais elle abonde en détails curieux sur l'histoire et l'administration intérieure du Puy, avant la Révolution, et nous pouvons ajouter que les « reparties comiques, la vivacité et le naturel du dialogue, les tirades propres à bien peindre un caractère, enfin les vers bien frappés » n'y manquent pas.

Nous avons mentionné plus haut, deux graves accidents survenus pendant des spectacles. Nous empruntons au *Courrier d'Avignon*, du mardi 30 avril 1765, le récit d'un effondrement plus sérieux encore. Quoique réédité, il y a quelques années, dans *la Haute-Loire*, il doit trouver place ici et ne peut manquer d'intéresser nos lecteurs par les piquants détails qu'il contient :

« Du Puy-en-Velay, le 20 avr

« Un événement tragi-comique, affligeant par quelques scènes, divertissant par quelques autres, arriva dimanche dans cette ville. Ce jour-là, entre neuf et dix heures du soir, deux ou trois cents dames ou messieurs, curieux de voir des tours de gobelets que faisait un Italien, et qui avaient amusé plusieurs jours de suite le peuple, se rendirent dans une salle où il exerçait son talent. Après deux ou trois tours assez surprenants, il s'écria : « Vous allez voir une chose extraordinaire. » On en vit une en effet, et si extraordinaire, que lui qui n'était accoutumé qu'à étonner les autres en fut le plus étonné de tous. Dans le moment même qu'il faisait cette magnifique promesse, le plancher de la salle céda de toutes parts; et ceux qui s'y trouvaient dessus, escamoteur et spectateurs, tombèrent pêle et mêle à quinze pieds de profondeur, suivis des poutres, des planches, des bancs, chaises, tables, etc. La terreur fut d'abord si grande, qu'il se passa un temps sensible sans qu'on entendît le moindre bruit; mais dès que chacun eut compris qu'il n'était pas mort, il s'éleva de toutes parts des cris lamentables. Les moins maltraités se dégagèrent, et plusieurs se sauvèrent promptement, marchant sur les têtes et les bras qui se trouvaient sous leurs pieds; d'autres, moins frappés, cherchèrent dans ce tumulte ceux qui les intéressaient le plus. « Où est ma mère? » s'écriaient les filles. « Où sont mes filles? » criaient les mères. Le secours fut prompt, mais il ne redressa pas les estropiés : grand nombre de messieurs eurent les jambes blessées, quelques-uns cassées. Plusieurs demoiselles ont un bras cassé, plusieurs autres, tant messieurs que dames, ont de fortes contusions, la tête fendue, les épaules meurtries; et ce qu'il y a d'inconcevable, c'est que personne n'est encore mort de cette chute, et qu'on espère que les plus maltraités s'en tireront. On a trouvé dans les décombres des épées nues et des montres, dont le cristal n'était pas même brisé. Cette nuit et le jour suivant, toute la ville fut dans la consternation; tout ce qu'il y avait de plus distingué était malade, ou visitait les malades. Mais, aujourd'hui qu'on voit qu'il n'y a rien à craindre, si ce n'est pour trois ou quatre qui risquent de mou-

rir ou d'être estropiés, on commence à badiner de
cet accident, et l'on raconte ce qu'on a vu et en-
tendu de plus plaisant. Deux servantes, qui lor-
gnaient par une fenêtre, voyant tout à coup disparaître les spectateurs, crurent que le joueur de gobelets les avait tous escamotés et s'écrièrent : « Ah !
pour le coup, celui-là passe tous les autres ! » Elles
avaient raison. Trois cents personnes escamotées
à la fois et si promptement par un seul homme,
comme elles le supposaient, était une merveille qui
ne le cédait à aucune autre, si ce n'est peut-être à
celle que le gazetier de Londres attribue à la bête
féroce du Gévaudan, lorsqu'il lui fait avaler 25
mille hommes avec toute leur artillerie. Un jeune
homme en se retirant, et qui avait eu quelques contusions, se plaignait d'un pareil tour et disait :
« On ne badine pas ainsi. » Plusieurs dames, pour
être secourues des premières, criaient : « A moi, je
suis grosse », et elles disaient vrai. Quelques demoiselles crurent dans cette occasion pouvoir men-
tir, et criaient aussi : « Je suis grosse ». Du fond
des décombres, on entendit une voix qui criait la
même chose, on s'empressa de l'en retirer, et l'on
trouva un jeune garçon. L'escamoteur tomba des
premiers avec sa table; ce fut un bonheur pour
lui; sans quoi les premiers moments auraient pu
lui être funestes. Il y eut même un jeune monsieur qui, croyant que sa mère et sa sœur avaient

péri, fut sur le point de le percer de son épée.
Mais il n'y avait point de sa faute; le plancher peu
solide plia sous le grand nombre de gens, et les
poutres se brisèrent près des murailles, à l'exception d'un petit coin, où quelques dames restèrent
assises. Si elles y étaient dans une assiette d'esprit,
aussi tranquille que celle du corps, c'est ce qu'on
ne leur a pas encore demandé; mais il est bien
aisé de le deviner. »

LA SALLE DE THÉATRE

DU

QUARTIER SAINT-JACQUES

———

. Nous ne pensons pas que la ville du Puy ait possédé une salle de spectacle avant la fin du XVIIIᵉ siècle. Les représentations s'y donnaient le plus souvent en plein air, sur les places publiques ou bien dans des locaux de louage, granges, galetas ou autres. Le troisième étage de la maison du chroniqueur Médicis située à l'entrée de la rue Panessac, sur l'emplacement actuel de la chapellerie Bellon, servit plusieurs fois à cet usage.

Arnaud (1), d'ordinaire bien informé, nous apprend qu'Antoine-Dominique Hedde, Pierre-François Exbrayat, Philippe Hedde, négociants, et Jean-Claude Portal, architecte, formèrent, vers 1766, une société ayant pour objet la construction d'une salle de spectacle. Dès que l'édifice fut achevé, une troupe de comédiens vint au Puy et y

_____

(1) *Histoire du Velay*, tome II, p. 346.

donna une série de représentations, en 1768.

Nous ignorons l'emplacement exact de ce premier théâtre, mais nous avons tout lieu de croire qu'il s'élevait dans le voisinage de la porte Pannessac. Ce devait être une construction légère et essentiellement provisoire, car sept ans plus tard, furent jetés les fondements de la salle démolie cet hiver.

Les renseignements qui suivent puisés, aux sources les plus authentiques, permettront au lecteur de suivre les diverses phases de son existence.

Le 25 juillet 1775, par acte reçu Me Assézat, notaire, dame Claudine Malhomme, veuve et héritière de Philippe Hedde, négociant, vend à sieur François Exbrayat, négociant, moyennant 400 livres, un terrain situé entre les portes Saint-Jacques et Pannessac et cédé, pour le même prix à son mari, par les consuls de la ville, le 4 janvier 1770.

Exbrayat se mit sans délai à l'œuvre et, sur les plans de l'architecte Portal, fut rapidement édifiée la construction que chacun de nous a connue. Quelques modifications n'en avaient plus tard que très légèrement modifié la physionomie.

Son fondateur la possédait encore en 1805. Vers la fin de cette année, nous voyons, en effet, le directeur de la troupe dramatique séjournant alors au Puy écrire au maire et le prier de « seconder ses projets d'acquisition de ce théâtre ». Ce directeur, nommé Symphal, exposait dans sa requête que son intention était d'acheter aussi la maison voisine, destinée à doter la salle d'une autre entrée, d'un chauffoir (un foyer) aux premières loges et de logements pour les artistes.

Aucune suite ne fut donnée par la ville à ses propositions, et, quelques jours après, le théâtre était acheté par M. Experton, avoué, qui, à peine en possession de cet immeuble, en offrait la cession à la ville.

« Le propriétaire de la salle de la Comédie, écrit-il, le 14 messidor an XIII, au maire, a l'honneur de vous exposer que les occupations de son état ne lui permettant pas de donner à cet établissement les soins de surveillance et d'amélioration qu'il comporte, il s'est déterminé à le vendre. Mais, informé que l'intention de l'une des personnes qui veulent l'acheter est de le détruire ou le destiner à un autre usage, il a cru devoir, avant de le céder, faire part à la mairie de sa détermination à ce sujet.

« La salle de Comédie, ajoute-t-il, produit environ 100 fr. par mois, pendant le temps qu'elle est occupée, et elle l'a été environ six mois pendant ces dernières années. Les loyers des buvettes, d'une chambre et d'une remise peuvent s'élever à 200 fr.

« A la salle de la Comédie, joint la maison Murjat ou Lamy faisant face à la rue Saint-Jacques et dont le propriétaire de la salle a fait l'acquisition depuis deux ans. Il peut s'y faire un rafraîchissoir assez grand et commode destiné aux loges et qui sera de plein-pied. Il en existe déjà un pour le parterre.

« La valeur de la salle de la Comédie est estimée 18,800 fr. et celle de la maison Murjat, 6,700 fr. »

Les offres de M. Experton ne furent pas agréés et l'on verra bientôt que le théâtre, après avoir passé entre plusieurs mains, devint la propriété de la Ville, pour une somme beaucoup moins considérable.

Le 18 août 1814, il était acquis, ainsi que tout son mobilier, en suite d'un jugement d'adjudication du tribunal civil, par M. Hippolyte Blanc qui ne le conserva que jusqu'au 1er septembre 1818. A cette date, il le revendait, par acte reçu Me Durastel, à une société composée de MM. Guilhaume Chabalier, négociant, Victor Balme, propriétaire, Lobeyrac, juge au tribunal civil, Sigaud de Lestang, conseiller de préfecture, Pierre Calemard de Lafayette, docteur en médecine, de Billoër, ingénieur en chef en retraite, et Gabriel Calemard de Lafayette, procureur du roi. Cette nouvelle cession était consentie pour la somme de 6,000 fr., matériel compris. M. Blanc se réservait, en outre, deux entrées de loges, sa vie durant.

Quelques jours après, les nouveaux propriétaires

de la salle faisaient recevoir par leur notaire l'acte
suivant :

« Nous soussignés, Victor Balme, propriétaire,
etc., tous habitants de la ville du Puy, acquéreurs
solidaires de la salle de spectacle et bâtiments en
dépendant, déclarons, tous ensemble et chacun de
nous en particulier, que ladite vente, en quoi qu'elle
consiste, ne nous concerne en aucune manière ;
que les sommes, qui ont été ou seront payées par
lesdits acquéreurs, nous ont été ou nous seront four-
nies par des personnes qui désirent rester inconnues, et dont nous n'avons fait qu'accomplir les in-
tentions, lesquelles sont que cette acquisition tourne
tout entière au profit de la ville du Puy et devienne
un établissement public de ladite ville. En consé-
quence, nous renonçons, nous et les nôtres, à jamais
retirer aucun avantage de ladite vente, sous quelque
prétexte que ce soit, nous obligeant à en transférer
la propriété en faveur de la Ville, par acte public,
aussitôt que l'administration municipale le jugera
convenable ; renonçant également à toutes répé-
titions sur les reconstructions, améliorations qui
pourraient être faites à ladite salle et ses accessoires,
postérieurement à la vente qui nous a été passée, de
même que sur tous revenus, loyers qui en dérive-
ront. Voulant que la présente déclaration soit dé-
posée aux archives de la mairie du Puy pour lui
servir et valoir ce que de droit. »

Deux ans plus tard seulement, M. le baron de Veyrac, maire du Puy, fut autorisé, par ordonnance royale du 4 octobre 1820, à accepter cette libéralité que les donateurs confirmèrent par acte reçu Mᵉ Durastel, le 24 juillet 1822, époque à laquelle la Ville en prit possession.

Voici l'explication du mystère, le mot de l'énigme contenu dans l'acte reproduit plus haut et d'où il ressort que le véritable donateur de la somme ayant servi à l'acquisition du théâtre désira garder l'anonyme.

Nous sommes en 1815, les alliés ont envahi la France et chaque ville se voit occupée par un corps de troupes. Mille Autrichiens environ, hussards, dragons, artilleurs et leurs chevaux, viennent stationner au Puy pendant les mois d'octobre, novembre et décembre. Ce fut là une des périodes les plus douloureuses de notre histoire. Notre malheureuse ville et les communes de ses deux cantons durent s'imposer les plus lourds sacrifices pour subvenir à l'entretien des envahisseurs. Malgré toute l'économie et le savoir-faire de nos administrateurs, les dépenses que nous occasionnèrent les ennemis ne s'élevèrent pas, pour ces trois mois, à moins de 180,000 francs, sans parler des réquisitions de toutes sortes.

Les autorités ne pouvant suffire à tous les détails d'une pareille organisation, un comité dit *des subsistances* fut organisé. Il se composait des diverses personnes que nous avons vues plus haut acquérir le théâtre. Ces concitoyens, aussi ménagers des deniers publics qu'industrieux et patriotes, purent, grâce à mille moyens ingénieux, réaliser une économie de 6,000 francs sur les sommes mises à leur disposition pour l'achat des denrées destinées à l'ennemi. La tradition affirme que de nombreuses additions d'eau de la fontaine du Théron au vin, à la bière et à l'eau-de-vie livrés aux Autrichiens furent surtout la source de leur petit boni.

Quoiqu'il en soit, après l'apurement de leurs comptes et après mûres réflexions sur l'emploi de cette faible somme, ils jugèrent à propos d'en acheter la salle de la Comédie pour en faire don à la ville. Divers motifs s'opposaient alors à ce qu'ils divulgassent la provenance des fonds employés : ces motifs n'existant plus aujourd'hui, nous avons cru pouvoir révéler ces faits connus de quelques-uns de nos concitoyens et dont le récit fera revivre le souvenir d'hommes dévoués à leur pays.

Les sociétaires avaient mis à profit leurs quelques années de jouissance pour faire rafraîchir la salle. Le plafond fut décoré d'une peinture représentant le *Triomphe d'Apollon* que l'on voyait entouré des neuf Muses dans un ciel parsemé de nuages. Sur le rideau figurant une draperie bleue semée d'étoiles d'or, fut peint le *Triomphe de Silène*, escorté de faunes et de bacchantes. Enfin la scène fut dotée de plusieurs décors : une prison, une maison rustique, le salon de Molière, un palais, une forêt, une place publique, un jardin renfermant une avenue au bout de laquelle se profilaient les dikes de Corneille et Saint-Michel. Ce dernier décor n'était pas toujours approprié à la pièce qui se passait tantôt aux environs de Paris, tantôt en Suisse, en Pologne, etc.; mais les spectateurs ne s'arrêtaient pas à cette invraisemblance et la vue de leurs rochers leur était toujours des plus agréables. Enfin, à l'éclairage aux chandelles, seul usité jusque-là, furent substitués un lustre à neuf quinquets et une rampe de douze quinquets.

Lorsqu'il fut question de faire placer, par le peintre décorateur, Dagosti, au-dessus du rideau, deux écussons reproduisant, l'un les armes de France, l'autre les armoiries de la Ville portant *d'azur, à l'aigle aux ailes éployées*, quelques protestations s'élevèrent du sein des partisans du régime d'alors qui voyaient avec déplaisir figurer dans un lieu public « l'oiseau de proie de Monsieur Buonaparte ». Le préfet leva bien vite cette difficulté, en invitant toutefois la municipalité de se conformer aux prescriptions de l'ordonnance du 26 septembre 1814, autorisant toutes les villes et communes à reprendre leurs armoiries, à la charge par elles de se pourvoir par devant la Commission du sceau, pour les faire vérifier et obtenir un titre de propriété.

Ces réparations achevées, le théâtre fut loué par les sociétaires à de Niérendorff, cafetier, qui l'exploita longtemps, en qualité de fermier et de chef machiniste. De Niérendorff, qui appartenait à une famille bourgeoise autrichienne et avait étudié la médecine, vint au Puy vers 1810, après avoir servi avec honneur dans nos armées, pendant plusieurs campagnes de l'Empire. Il s'y maria avec une indigène et de cette union naquirent deux filles qui embrassèrent la carrière lyrique et vinrent, en 1839, donner des concerts dans leur ville natale.

L'inauguration de la salle ainsi transformée eut lieu au mois de septembre 1818, par une représentation du *Tartuffe*.

« Le *Tartuffe*, nous dit J.-B. Delcros, le courriériste théâtral du journal *la Haute-Loire*, — car *la Haute-Loire* publiait déjà des courriers de Théâtre, — le *Tartuffe* de Molière est annoncé sur une longue affiche et en gros caractères. On débute par un chef-d'œuvre, comment terminera-t-on ? On ne peut en croire ses yeux, on se demande si les artistes du Théâtre-Francais de Paris sont arrivés. Les portes sont enfin ouvertes ; on s'y presse, on s'y foule ; en un instant la salle est pleine. Alors les regards se portent avec avidité sur les loges, sur le plafond, sur le rideau. Tout est trouvé charmant, ravissant. La toile se lève, on aperçoit un salon d'une fraîcheur et d'une élégance admirables et mille témoignages récompensent le peintre décorateur de ses brillants travaux. »

Le Puy se trouva donc, à partir de 1822, et sans bourse délier, en possession d'une salle de théâtre fort coquette, au dire des contemporains.

La période qui s'écoule entre cette date et 1844 est la plus belle de l'existence de notre théâtre. Desservi par des troupes dramatiques et lyriques très-convenables, il est, à chaque représentation, le rendez-vous de la société élégante, des fonctionnaires et même des notables des cantons voisins.

L'année 1844 marque le début d'une ère de décadence.

Non-seulement les belles décorations de 1818 étaient alors singulièrement défraîchies, mais encore l'ensemble de l'édifice se trouvait dans un état de délabrement inexprimable, thème inépuisable aux facéties des loustics. « Sa toilette, dit un chroniqueur (1), rappelle l'aimable négligé d'une portière du Marais épluchant des haricots sur sa jupe d'indienne bleu-jaune-rouge, rayée et passée. Puis

(1) M. Joseph Venet, d'Yssingeaux, aujourd'hui rédacteur du journal Le Monde.

son habitude trop modeste de se tenir au fond
d'une ruelle comme une tireuse de carte ou une
médicineuse qui redoute la police, ne fait pas
beaucoup d'honneur à la cité. — Un monsieur
portant bonnet de soie me disait hier avoir oublié
son chapeau dans le coin d'une loge, il y a 5 ou 6
mois, et, à la dernière représentation, l'avoir re-
trouvé à la même place, mais garni d'une ad-
mirable touffe de champignons, ce qui lui donnait
l'air d'un pot de giroflées. Cette salle est beaucoup trop fertile ! » Puis c'étaient des plaisan-
teries interminables sur le « conservatoire des
cloportes ».

L'on songea enfin à remédier à cette déplora-
rable situation ; mais, outre la restauration de
ses peintures, la salle exigeait d'assez grosses réparations.

L'on dépensa, à cette époque, en travaux de ma-
çonnerie, menuiserie et peinture, environ 12,000
francs. Les travaux de peinture furent adjugés,
pour 4,000 fr., à un sieur Sachetti qui venait
d'achever la décoration du théâtre de Saint-Etienne
et dont le pinceau était loin de valoir celui de
Dagosti. Enfin, une somme de 1,500 fr. fut con-
sacrée à l'achat de la maison Margerit, ce qui
permit l'agrandissement de la scène.

Rappelons qu'en 1839 avait été construite par
l'entrepreneur Guilbaumet la façade ornée de co-

lonnes doriques..... en sapin, — façade ne rappelant que très faiblement celle du Parthénon, — que chacun de nous a connue, et que avant cette époque, l'entrée de la salle se trouvait rue des Aix.

A dater de l'année 1844, il n'est fait au théâtre que quelques menues dépenses d'entretien ; tout au plus aurons-nous à mentionner, en 1847 et 1861, des achats de décors, en 1847 l'installation d'appareils à gaz destinés à remplacer les quinquets du vieux temps. Nous avons dit l'état de vétusté dans lequel se trouvaient bâtiment et mobilier, lorsque, au commencement de 1880, a commencé leur destruction.

Un mot de statistique. La salle pouvait contenir de 500 à 550 personnes. Vers 1854, la moyenne des recettes était de 300 francs. Ce chiffre s'élevait parfois jusqu'à 700 fr., quand on faisait salle comble. La moyenne des frais était alors de 80 fr. pour chaque représentation.

LES TROUPES

Faisons une revue rapide des diverses troupes qui se sont succédé sur la scène de notre vieux théâtre. Les renseignements nous feront défaut pour plusieurs d'entre elles et quelques lacunes resteront à combler par des chercheurs plus heureux que nous. C'est ainsi que nous n'avons pu retrouver les noms des artistes et directeurs qui vinrent les premiers, après la construction du théâtre, récréer les habitants du Puy. Nous savons, en revanche, que, pendant toute la période révolutionnaire, les portes du théâtre s'ouvrirent plusieurs fois chaque année.

Chose bizarre ! il en fut ainsi dans toute la France et surtout à Paris où, jusque dans les plus sombres moments de la Terreur, vingt théâtres ne suffisaient pas à satisfaire la curiosité du public. C'est de 1793 que date surtout le développement extraordinaire du vaudeville.

Cet enfant du plaisir veut naître dans la joie !

L'on a donné à ce singulier phénomène diverses explications plus ou moins plausibles. Peut-être l'explication la plus simple de ce fait étrange, est-elle, nous dit un historien qui a fait une étude approfondie de la philosophie de l'histoire de la Révolution, « dans l'invariable force des habitudes et dans cette légèreté d'esprit dont tant d'épreuves diverses ont quelque peu corrigé notre race, sans la modifier autant qu'il le faudrait (1). »

La première troupe dont nous retrouvons la mention est celle de d'Halancourt, qui jouait dans cette ville en 1790 et 1791.

Au mois d'octobre de cette dernière année, peu de temps après la dissolution des gardes nationales, le général Lafayette, pendant un séjour à Chavaniac, vint au Puy où sa présence fut l'occasion de fêtes et de réjouissances.

Deux officiers municipaux, MM. Chambon et Giraud, et deux notables, MM. Brunel et Rival, avaient été envoyés à Chavaniac pour se concerter avec M. de La Colombe, aide-de-camp du général, sur la réception à faire au grand citoyen (2).

(1) Eugène Despois, *Le Vandalisme révolutionnaire*, Paris, Germer-Baillière, 1868, 1 vol. in-18, p. 341.

(2) Pour de plus amples renseignements sur les réceptions faites alors au général, soit au Puy, soit dans plusieurs autres villes du département, voy. *Extrait du procès-verbal de l'Assemblée générale de*

Entre autres divertissements qui lui furent offerts, nous citerons une représentation de *Guillaume Tell*, sur notre théâtre. Pendant le premier entr'acte, le directeur d'Halancourt, s'avançant sur le bord de la scène vis-à-vis la loge d'avant scène de notre illustre compatriote, lui présenta une couronne d'or et declama les vers suivants :

> De son choix vraiment glorieux,
> Tout citoyen vous traite en père;
> Déjà l'on célèbre en tous lieux,
> Vos vertus, votre caractère.
> Par vous la plus rare équité,
> Le bon esprit et l'indulgence
> Savent enchaîner la licence
> Aux pieds de notre liberté.
> Ne refusez pas la couronne
> Que l'on vient de vous présenter;
> Il est beau de la mériter,
> Quand c'est la France qui la donne. (1).

Il était alors de mode d'adresser un compliment en vers aux personnages de distinction assistant au spectacle.

Le 10 ventôse an III, le représentant du peuple

l'armée parisienne et Rapport des députés qu'elle a nommés pour remettre à M. Lafayette l'adresse votée dans l'Assemblée du 26 octobre 1791. Paris, imp. Lottin, 1791, 1 br. in-12.

(1) *Placard* in-4°, *S. L. N. N.*

Pierret, en mission dans notre département, qui
se trouvait à la représentation de la *Femme jalouse*,
reçut le suivant débité par le grand premier
rôle :

Protecteur de l'humanité,
Ardent ami de la justice,
Tu nous rends à la liberté,
En terrassant partout le vice.
Goûte pour prix de tes bienfaits,
De tes travaux et de ton zèle,
Ce bonheur, cette douce paix,
Que la vertu mène après elle (1).

Pendant cette même période, des pièces de vers,
ayant trait aux grands événements politiques ou
militaires se déroulant alors, étaient également
lues pendant les entr'actes. Un acteur nommé
Galbois, plus tard directeur du théâtre de Clermont,
après quelques années passées dans notre ville, en
avait composé et fait imprimer plusieurs parmi

(1) Cette pièce était de M. Gueyffier, l'un des administrateurs du département.
Voy. la page 19 d'un recueil de chansons patriotiques dues, pour la plupart, à des auteurs locaux.
Ce recueil, dont nous avons sous les yeux un exemplaire auquel il manque malheureusement le titre,
doit être intitulé : *Chansons patriotiques sur l'heureuse révolution du 9 thermidor.*

lesquelles un *hymne funèbre à Joubert*, mort au champ d'honneur, un *Hommage aux défenseurs de la patrie*, une ronde patriotique, la *Fraternité républicaine*.

Un autre versificateur, non moins fécond, M. Campagnac, plus tard bibliothécaire de la ville, faisait lire aussi aux spectateurs ses productions poétiques, notamment des odes en l'honneur de nos victoires.

Nous citerons enfin, comme ayant été chantés, le 25 vendémiaire an VIII, par un artiste lyrique, des couplets qui furent vivement applaudis et, à la demande du parterre, imprimés aux frais de la municipalité. En voici le titre : *Couplets sur nos armées et l'arrivée de Buonaparte* par le citoyen Borel-Vernière, commissaire du Directoire Exécutif près l'Administration Centrale. Au Puy, de l'imprimerie de P.-B.-F. Clet, imp. du département, in-8° de 2 pages.

Le répertoire des troupes théâtrales se composait spécialement alors de pièces patriotiques, parmi lesquelles nous citerons : *Brutus, La mort de César*, tragédies de Voltaire, *Guillaume Tell*, le *Jugement dernier des rois*, prophétie par Sylvain Maréchal, et des œuvres d'Andrieux, Collin d'Harleville et Picard, les étoiles les plus brillantes du ciel dramatique de ce temps-là.

Le théâtre fut desservi en l'an V par la

troupe Klocmann, venant de Saint-Etienne ; en brumaire an VI, par la troupe Méallet et, pour la seconde fois, par celle de d'Hallancourt, venant de Lyon ; en prairial an X, par la troupe d'Opéra dirigée par Rue de Forges, professeur au Conservatoire de Paris (1), artiste distingué qui avait déjà fait, en l'an VII, une apparition au Puy ; en l'an XI, par les troupes Duchaume et Martial, en l'an XIII, par la troupe Symphal. Dans les intervalles laissés libres par ces acteurs de profession, une Société Dramatique libre, composée d'amateurs, hommes et femmes de la ville, occupait la scène du théâtre et y donnait des représentations variées. Un arrêté de l'Administration Centrale du 17 fructidor an II avait autorisé cette société à prendre, au dépôt central du district, les ornements d'église dont elle pourrait avoir besoin pour costumer ses divers personnages.

La salle était ornée des inscriptions prescrites par la loi : *Ici on s'honore du titre de citoyen* ; *Guerre au gouvernement anglais*, et l'on y chantait le *Chant du Départ* chaque quintidi et chaque décadi.

Enfin, toutes les troupes de passage au Puy s'empressaient de donner une ou plusieurs représenta-

(1) Nous devons observer que M. Lassabathie, dans son *Histoire du Conservatoire* (Paris, Michel Léon, 1860), ne cite aucun professeur de ce nom.

tions pour venir en aide aux infortunes nombreuses alors (1).

La Société Dramatique libre s'étant dissoute vers 1796, pour un motif que nous ignorons, l'Administration centrale invita, par lettre du 11 ventôse

(1) Voici le détail des recettes et dépenses de l'une de ces fêtes de charité :

Bordereau de la recette de la comédie au profit des pauvres, du 8 thermidor an VI (1798)

41 billets de premières, à 36 sols...........	76ᶠ 16ˢ »
16 — secondes, à 24 sols...........	19 4 »
99 — parterre, à 12 sols...........	59 8 »
Reçu des militaires et enfants...........	7 5 9ᵈ

Total........ 159ᶠ 13ˢ 9ᵈ

Déduction pour les frais :

Donné à la buraliste....... 2ᶠ »

Au citoyen Clet, imprimeur, pour affiches, timbres et imprimés d'invitation..... 10 »

Au citoyen d'Halancourt, directeur, pour divers frais. 52 »

Total.. 64ᶠ » Reste.. 95ᶠ 13ˢ 9ᵈ

Donné aux hospices.................... 60ᶠ 13ˢ 9ᵈ

A l'œuvre du Bouillon.................... 20 » »

A la prison.................... 12 » »

A la police correctionnelle.................... 3 » »

Total........ 95ᶠ 13ˢ 9ᵈ

an vii, l'administration municipale à s'occuper d'en reconstituer une nouvelle.

« De tous les arts d'agréments, lisons-nous dans cette invitation, le théâtre est, sans contredit, un des plus séducteurs, un des plus brillants, un des plus propres à procurer à la société des plaisirs permis et des délassements honnêtes, quand son action est bien dirigée.......

. . . .

Le théâtre est des mœurs l'école aimable et sûre,
C'est là que nos défauts reçoivent leur censure,
C'est là que des héros revivent les grands cœurs,
C'est là que l'on apprend à répandre des pleurs,
Doux tribut qu'on accorde à l'humanité sainte (1).

« Les avantages que procurait à votre commune l'établissement d'une société dramatique libre étaient nombreux. En premier lieu, vous n'avez des spectacles que de loin en loin. Une société d'artistes étrangers pour subvenir à son entretien étant obligée de rapprocher et de multiplier ses représentations, ne peut se soutenir ici plus de deux mois de suite, vu l'insuffisance de ses recettes. Vos concitoyens éprouvent une sorte de satiété produite par des représentations données coup sur coup et ordinairement dans la plus belle saison de l'année, la

(1) François de Neufchâteau.

plus propre aux plaisirs champêtres. Aussi les dé-
serte-t-on ou n'y va-t-on que de loin en loin, tandis
que des représentations données une fois par décade,
l'été et tous les cinq jours l'hiver, seraient continuel-
lement suivies, si l'on en juge du moins par l'essai
tenté par la Société dont nous avons parlé plus haut.

« En second lieu, il serait superflu de vous peindre la situation vraiment déplorable, pour ne pas
dire plus, dans laquelle se trouvent vos hospices.
Vous connaissez leur détresse habituelle, l'urgence
continue des besoins qu'ils éprouvent. Vous savez
que votre commune faisait à l'un d'eux, sur le produit de la subvention, une rente annuelle de 5,000
francs, dont il se trouve privé par la suppression de
ce droit.

. . . .

« Vous saisirez donc, avec l'empressement de la
bienfaisance qui vous caractérise, l'occasion que
nous vous offrons de venir efficacement à leur
secours, en instituant une société dramatique et
en appliquant à vos hospices le produit des représentations de cette société, déduction faite
des seuls frais. »

L'administration de la commune, convaincue des
avantages qui résulteraient de l'établissement de
cette société, en publia, à la date du 1er frimaire
an VIII le prospectus dont nous donnons une
sommaire analyse :

3*

'La société devait se composer de citoyens et
de citoyennes de la commune qui donneraient des
représentations gratuites conjointement avec des artistes salariés. Ces représentations alternées de
comédie et d'opéra auraient lieu au plus cinq
fois par mois. On admettrait momentanément dans
la société, et à titre de récompense, les élèves
de l'Ecole Centrale qui, à leur application et à
leurs succès, joindraient quelque aptitude pour
la déclamation. L'administration a trouvé dans
la société lyrique qui vient de quitter le Puy pour
retourner à Clermont, quatre artistes qui ont pro-
mis leur concours ; il faut leur adjoindre un maître de musique et un artiste décorateur. La société sera composée de 12 citoyens et de 8 citoyennes, etc., etc.

Ce prospectus fut imprimé et distribué dans
tout le département (1).

De nombreux citoyens répondirent à l'appel de
la municipalité, qui bientôt put recruter le personnel de la nouvelle société dans les rangs non
seulement des fonctionnaires, mais encore des fa-
milles les plus distinguées, tant de la basse que
de la haute ville. Nous ne donnerons pas la com-

(1) *Etablissement d'une Société Dramatique par les
soins et sous les auspices de l'administration municipale.* Le Puy, Clet, 1er frimaire an VIII, in-8°
de 20 pages.

position de cette troupe dont nous avons le tableau sous les yeux. Le cant britannique nous
a si profondément envahis, que bien des personnes seraient peut-être extrêmement froissées en
entendant conter que leurs grands-pères et surtout
leurs respectables aïeules sont montés sur les
planches, pour jouer la comédie, devant un public
qui avait acheté, à la porte, le droit de les sif-
fler.

Cette société si rapidement constituée ne donna
qu'un très-petit nombre de représentations publiques ; mais nous savons qu'elle vécut plusieurs
années, jouant les pièces alors à la mode, dans
une maison de la Haute-Ville qui fut, pendant
tout le Directoire et les premières années de l'Empire, le rendez-vous du monde élégant (1).

En l'an VII, fut organisé, sous la direction de
M. Pagès, l'Institut national de musique qui,
subventionné par l'Administration municipale,
prêta, depuis, son concours à toutes les troupes
lyriques qui s'arrêtaient au Puy. Il se composa
originairement des amateurs dont les noms suivent:
MM. Richard, de Glavenas, de Mariol, Baudoin,
Debas, de Saint-Julien, Monteyrémard, Pagès,

(1) En l'an VII, nous trouvons aussi à Brioude et à
Langeac des Sociétés Dramatiques libres ; peut-être
un jour, à l'aide des Archives municipales de ces deux
villes, pourra-t-on en donner l'histoire.

Richond, Durastel, Gineys, Sklénard, Giraud,
Jouve, Savel, Martin, d'Arlempdes, Lhéritier et
Balme (1).

(1) Les habitants du Puy ont manifesté depuis longtemps pour la musique un goût très prononcé. Dès
l'année 1754, nous trouvons la trace d'une société
musicale, donnant, dans cette ville, des concerts publics, ainsi qu'en fait foi la note suivante, que nous
devons à l'obligeance d'un érudit, doublé d'un cher-
cheur heureux :

« Extroict de la délibération capitulaire, prise le
lundy 8ᵐᵒ avril 1754, par le chapitre N.-D. du Puy
capitulairement assemblé au son de la cloche dans la
salle basse du chapitre, lieu destiné pour les assem-
blées capitulaires.

« MM. Armand de Beget, doyen, Louis-Antoine Cha-
zelet de la Brosse, abbé de Saint-Vosy, Pierre Hé-
brard, fordoyen-mage, Pierre de Beget de la Cour,
fordoyen-moindre, Joseph du Crozet de Cumignat,
etc., etc., présents.

« Mondit sieur de Beget, doyen, président,
« M. de Beget, doyen, a représenté à la compagnie
« que lorsqu'on avoit deffendu, il y a quelque temps,
« aux enfants de chœur d'aller au concert, c'étoit
« parce qu'on s'étoit aperçu que n'étant alors con-
« duits par personne, le maître de musique n'étant
« pas en état de les suivre, ils s'écartoient en allant
« ou en revenant et ne se rendoient pas exactement
« tous ensemble à la maîtrise, ce qui pouvoit causer
« des abus, mais qu'aujourd'huy qu'il y avoit un
« nouveau maître à qui on recommanderoit de ne
« point les quitter ou au maître du latin et de veiller

Nous trouvons ici, en 1806 et 1807, la troupe Branchu, jouant le drame, la comédie et l'opéra.

A dater de l'année 1808, nous sommes à même de fournir la liste complète des troupes théâtrales venues dans notre ville et des pièces qu'elles y représentèrent.

Cette énumération pourra paraître fastidieuse à

« soigneusement à leur conduitte, il conviendroit de
« les laisser aller au concert pour les exercer et les
« former à la musique.

« MM., ouie la proposition de M. le Doyen, ont dé-
« délibéré à la pluralité des voix que les enfans de
« chœur iroient au concert aux conditions qu'ils y se-
« roient conduits et reconduits par le maître de mu-
« sique ou celuy du latin.

« De Beget, doyen; »

(Copie du temps appartenant aux archives du Grand Séminaire.)

En 1776, le marquis d'Astorg, beau-frère de Mgr de Gallard, organisa une société dans laquelle figurèrent, à cette époque, les choriers et sous-choriers de la Cathédrale, les amateurs de la ville, M. de Pina, grand-vicaire, en première ligne, quelques officiers de la garnison, etc., etc. Voy. Paul Le Blanc, *Chantres et chanteurs, Tablettes du Velay*, tome II, p. 326. L'abbé Laurent, (*Almanach de 1787*, p. 125), nous apprend qu'en 1787, qu'une société analogue, peut-être la même, se réunissait rue St-Haon, sous la présidence de M. Assézat et la direction d'Asklénard, musicien autrichien naturalisé ponot.

quelques uns de nos lecteurs ; mais, lorsqu'il s'agit d'une époque déjà lointaine, l'on ne saurait négliger certains détails.

Le 31 juillet de cette même année, débuta la troupe dirigée par le sieur Nicolaïe, dit Clairville, sous-traitant de Dumaniant (1). Il fut le père du célèbre auteur dramatique, Clairville, né à Lyon, le 28 janvier 1811 et mort seulement l'année dernière.

Parmi les pièces jouées pendant cette campagne, citons : *Le Tyran domestique*, comédie en vers de Duval ; *Omasis* ou *Joseph en Egypte*, tragédie en vers de Baour-Lormian ; *l'Ecole des Maris*, *Tartuffe*, de Molière ; *Nanine*, *Olympie et Mahomet*, tragédies de Voltaire ; *Tom Jones*, comédie de Desforges ; le *Conciliateur*, comédie en vers de Demoustier ; *La Mort de Henri IV*, comédie en vers de Legouvé ; *L'Abbé de l'Épée*, pièce en prose de Bouilly ; le *Glorieux*, comédie en vers de Destouches ; les *Templiers*, de Raynouard ; le *Légataire universel*, de Régnard ; l'*Homme à bonnes fortunes*, de Baron ; l'*Assemblée de famille*, comédie en vers de Chéron.

La troupe Clairville donna trente représentation ;

(1) Bourlain Jean-André, dit Dumaniant, né à Clermont-Ferrand. en 1754, mort en 1828. Il fut comédien jusqu'en 1798, puis entrepreneur breveté de spectacles en province. On lui doit de nombreuses productions dramatiques. — Voir appendice.

l'on voit que son répertoire était des plus variés et des mieux choisis.

La troupe Dupré-Nyon arriva en 1809, avec un répertoire entièrement nouveau et des sujets de chant, parmi lesquels une basse-taille distinguée, l'italien Castelli ; cette saison théâtrale fut des plus remarquables, à en juger par l'énumération suivante des pièces représentées :

Le Pessimiste, l'Amour et la Raison, comédies de Pigault-Lebrun ; l'Homme mystérieux, drame par Guilbert de Pixérécourt ; l'Amant bourru, comédie de Monval ; l'Étourdi, comédie d'Andrieux ; Soliman second ou les trois Sultanes, Annette et Lubin, comédies de Favard ; Une matinée du Maréchal de Catinat, Adolphe et Clara, Alexis ou l'Erreur d'un bon père, la Maison isolée, les Deux petits Savoyards, opéras comiques de Marsolier et Daleyrac ; M. et Mme Denis, vaudeville, de Rougemont ; le Pied de Mouton, féerie de Martainville ; le Collatéral, comédie de Picard ; le Vieux célibataire, comédie de Collin d'Harleville ; l'Épreuve villageoise, opéra comique de Desforges et de Grétry ; Haine aux femmes, vaudeville de Bouilly ; le Prisonnier, opéra comique de Duval et Della-Maria ; le Trente et Quarante, opéra comique de Duval et Daleyrac ; le Barbier de Séville, comédie de Beaumarchais ; Joseph, opéra de Duval et Méhul ; Lodoïska, opéra comique de Faure et Kreutzer ; le Déserteur, opéra

de Sedaine et Monsigni ; *Raoul, sire de Crécy,*
opéra de Monval et Daleyrac ; *la Gageure impré-
vue,* comédie de Sedaine ; *Avis au public ou le mariage par les petites affiches,* opéra de Désaugiers et
Piccini, etc.

Sans sortir de chez eux, nos pères pouvaient
ainsi se tenir au courant des nouveautés et se former le goût littéraire.

En 1810 et 1811, la troupe Pracontal leur donna :
Othello, Roméo et Juliette, tragédies de Ducis ; *la
Nouvelle Cendrillon,* comédie de Rougemont ; *Ga-
brielle de Vergy,* tragédie de Du Belloy ; *le Conseil
de guerre,* drame de Pelletier - Volmerargues ;
Mélanie, drame de Laharpe ; *le Dépit amoureux,* de
Molière ; *Victor ou l'Enfant de la forêt,* de G. de
Pixérécourt ; *Madame Angot au sérail de Constan-
tinople,* etc.

Les intermèdes étaient remplis par deux habiles
ventriloques nommés Thiémet et Adam Dupous.

En 1812, 1813 et 1814, des comédiens associés
sous la direction de la dame Degarron jouèrent :
le Bon père, comédie de Florian ; *Eugénie,* drame et
le Mariage de Figaro, comédie de Beaumarchais ;
les Deux frères, drame de Kotzebue ; *Fanchon la
vielleuse,* vaudeville ; *la Femme jalouse,* comédie de
Desforges ; *le Comte de Comminges,* drame d'Ar-
naud-Baculard ; *Philoctète,* tragédie de Scarron ; *le
jeu de l'Amour et du Hasard,* comédie de Mari-

vàux ; *l'Opéra comique*, opéra de Dupaty et Della-
Maria ; *la Gageure inutile*, vaudeville de Sédaine ;
le Sorcier, opéra comique de Philidor ; *la Petite
Ville*, comédie de Picard ; *l'Anglais à Bordeaux*,
comédie de Favard ; *l'Amour et la Raison*, comédie de Pigault-Lebrun ; *Hamlet*, tragédie de Ducis,
etc.

Un acteur distingué, Leclerc, remplissait dans
cette dernière pièce, le rôle d'Hamlet et celui d'O-
rosmane dans *Zaïre*, de Voltaire. (1)

Le théâtre du Puy était déjà, à cette époque,
le rendez-vous de bateleurs, physiciens, professeurs de magie blanche et noire, prestidi-
gitateurs, chanteurs, funambules, acrobates de
tous genres, etc., etc. Notre intention n'est pas
de faire figurer dans cette étude les noms de ces
artistes divers, méritant peu, pour la plupart, de
« passer à la postérité ». Nous ferons pourtant une
exception en faveur d'un ventriloque dont le programme (2) a particulièrement attiré notre atten-
tion.

Ce programme qu'il fit distribuer avant la représentation du 7 novembre 1843, est imprimé sur de
grandes et belles feuilles de papier fort, orné de

(1) Est-ce le même qui fut plus tard au Théatre-
Feydeau?
(2) *Archives de la Mairie du Puy*, série P, 352-56.

vignettes gravées sur bois. Nous empruntons au boniment qu'il contient, les détails suivants :

« M. Faugier imitera le chant du rossignol, du merle, du canari, etc. Il jouera plusieurs walses et contre-danses qu'elles n'ont pas été exécutées (sic), sans remuer les lèvres et sans avoir besoin d'aucun instrument. Il imitera le cri de plusieurs canards et l'aboiement de plusieurs chiens ; l'un dans le lointain, et les autres à l'entrée d'une porte. Enfin, il imitera le cri de plusieurs animaux. Le public jouira des surprises les plus agréables et les mieux ménagées. »

Une nouvelle troupe, réunie sous la régie de MM. Cochéza et Jusky, débuta le 16 octobre 1814. Elle ne donna que trois ou quatre soirées, jouant le *Bourru bienfaisant*, comédie de Goldoni, et l'*Honnête criminel*, drame.

Le 1er décembre de la même année, nous voyons apparaître encore d'autres acteurs dirigés par MM. Verteuil et Alexandre. Ils jouèrent : *Le Cocu imaginaire*, et *M. de Pourceaugnac*, comédies de Molière ; *le Dîner de Madelon*, vaudeville de Désaugiers ; *la Leçon de Botanique*, vaudeville de Dupaty.

Le 25 juin 1815, fit ses débuts une troupe qui souvent revint parmi nous et se créa ici de vives sympathies. Elle était dirigée par M. Garcin, comédien de race, dont la fille devait épouser, quelques années plus tard, Cizos dit Chéri, l'un de ses camarades de théâtre et donner le jour à cette charmante Rose Chéri, une des illustrations de la scène française.

La troupe Garcin qui avait comme spécialité les opéras à grand spectacle, joua pendant cette première saison : *les Rendez-vous bourgeois*, opéra de Nicolo ; *le Grand deuil ou les Deux revenants*, opéra de Berton ; *l'Irato*, opéra de Méhul ; *le Calife de Bagdad*, opéra, etc. Son directeur chantait les premières basses-tailles et jouait les financiers.

Les campagnes de 1816 et 1817 ramenèrent dans nos murs la même troupe théâtrale sous la direction de Pierre Martin et la régie de Mircourt. Furent jouées les pièces suivantes : *le Dissipateur ou l'Honnête Friponne*, comédie de Destouches ; *le Petit Chaperon Rouge*, opéra-vaudeville ; *la Pie voleuse ou la Servante de Palaiseau*, mélodrame historique, par Caigniez et d'Aubigni ; *le Retour des Lys*, vaudeville de Désaugiers ; *le Chien de Montargis ou la Forêt de Bondy*, mélodrame de Pixérécourt ; *la Métromanie*, comédie de Piron ; *l'Echange nécessaire*, comédie en vers par un habitant du Puy, dont nous n'avons pu découvrir le nom ; *M. de Chalumeau ou une Soirée de Carnaval*, comédie de Feydeau, etc.

La troupe Mériel passa trois saisons au Puy. Elle était médiocre, à l'exception d'une Dlle Caus-

sin engagée, en 1820, à la Porte-Saint-Martin,
à Paris, et qui excellait dans les rôles de grande
coquette, d'un acteur nommé Bénard et des filles
du directeur.

Une musicienne de 8 ans, Joséphine Ronzi,
qui voyageait avec sa mère et son grand-père
nommé Fueroni, fut, pendant plusieurs semaines
de l'été de 1819, la *great attraction* des dilettanti
ponots. Le chroniqueur théâtral de la *Haute-Loire*,
J.-B. Delcros, épuisait en l'honneur de ce jeune
talent la longue liste des formules laudatives :

« Il ne fallait rien moins, écrit-il à la date du
21 août 1819, que la charmante soirée lyrique
donnée par la *petite Merveille* et ses parents, pour
faire oublier aux amateurs l'ennui mortel dont
ils avaient été accablés dans un précédent concert, qu'une dame étrangère avait donné peu de
jours avant. Les grâces, l'amabilité, les talents
de cette rare et célèbre (!) enfant, le mérite distingué de ses honnêtes parents, tout a séduit les
amateurs et professeurs qui la secondaient ; et le
public, pénétré d'admiration et comblé de plaisir,
a exprimé par son accueil, à cette intéressante famille, toute sa satisfaction. »

La *petite Merveille* se fit entendre, en outre, chez
le préfet, le maire, et partout on la fêta, choya,
adula, l'enthousiasme devenant du délire.

Les troupes dirigées par Legrain, dit Saint-Ro-

main, directeur du théâtre de Saint-Etienne, et
d'Harmeville, directeur à Clermont, alternèrent au
Puy de 1821 à 1830. Elles jouaient tous les
genres et leurs impressarii s'efforçaient de varier
les plaisirs du public. Le premier s'imposa même,
lors de ses débuts d'assez lourds sacrifices pour
avoir en représentations Lagardère, premier rôle
au Grand-Théâtre de Lyon, qui venait d'être engagé
a la Comédie-Française, où il prit une place distinguée (1).

La période de 1830 à 1839, l'une des plus
brillantes de notre scène, vit revenir fréquemment
au Puy la troupe Pastelot, qui desservait en
même temps Saint-Etienne. Elle apportait un répertoire tendre, gracieux, coquet d'opéras-comiques;
nous offrait la primeur des chefs-d'œuvre d'Auber, Hérold, Boïeldieu, Rossini et autres grands
maîtres contemporains. Les vieux vaudevilles, avec
leurs couplets de facture et leurs airs touchants,

---

(1) Il débuta dans la Maison de Molière, le 9 mai
1822, par le rôle d'*OEdipe*, dans la tragédie de Voltaire,
ainsi qu'a bien voulu nous l'indiquer le savant archi-
viste de la Comédie-Française, M. Georges Monval,
rédacteur-en-chef du *Moliériste*. Lagardère revint, au
Puy, en 1839, et donna quelques représentations des
tragédies de Ducis, dont le souvenir est encore présent
à l'esprit de tous les amateurs de théâtre de ce
temps-là.

n'étaient pas non plus dédaignés ; et la génération de 1830 redit encore, avec un plaisir mêlé d'émotion, les noms des actrices qui détaillaient si bien le rondeau, Mmes Thurin et Voiturier, premières chanteuses, Lacoste et Loir, premières dugazon ; les noms du ténor Belcourt, du trial Léon Philipot, de Gourdon, le brillant jeune-premier.

La Société Philharmonique prêtait à ces artistes un précieux concours. Récemment fondée par le piémontais Campana, elle comptait déjà dans ses rangs d'excellents instrumentistes d'harmonie. L'on sait la carrière brillante qu'elle a fournie jusqu'à 1850, malgré quelques éclipses de courte durée.

Pendant la même période, quelques troupes secondaires vinrent aussi nous visiter ; nous citerons celle de Jeault, dit Fleury, qui joua, en 1835, un drame presque local : *L'Auberge de Peyrebeille ou le Coupe-Gorge* (1), la troupe Dromal en 1837, etc.

L'année 1839 est l'une des plus mémorables de nos annales dramatiques. Dès le mois de mars, la troupe Victor, ayant un excellent premier comique, Philippe, représenta une série des nouveautés du Palais-Royal.

(1) *L'Auberge de Peyrebeille ou le Coupe-gorge, drame historique en trois actes,* par Gustave Halley, représenté au Puy, pour la première fois, le 12 novembre 1835. Au Puy, de l'imprimerie de F.-M. Clet, 1836, 1 broch. in-12.

Les filles de l'ancien fermier du théâtre, Mlles de Niérendorff, vinrent, au mois d'avril, donner dans cette salle, où s'était écoulée leur enfance, plusieurs concerts qui eurent un grand succès. Elèves de Kalbrener, pianiste, et de Garandé, professeur au Conservatoire, ces jeunes filles, douées d'une fort belle voix, possédaient un réel talent musical. Elles furent surtout applaudies dans divers morceaux de la *Juive*, du *Brasseur de Preston* et de l'*Ambassadrice*.

Le 4 août suivant, débuta sur notre scène la troupe Chéri Cizos-Garcin. Elle se composait de M. Chéri Cizos, de Mme Cizos, fille de Garcin, le directeur si aimé, de leurs filles Rose et Anna, de leur fils Victor, de Mériel, l'ancien directeur et de plusieurs autres artistes (1). Son étoile était incontestablement cette ravissante Rose, alors dans tout l'éclat de la jeunesse, de la gentillesse, de la beauté et de

La grâce plus belle encore que la beauté...

(1) Cette troupe avait séjourné, tout l'hiver précédent, à Brioude. Elle y avait donné un grand nombre de représentations dans l'ancienne chapelle du couvent de Saint-Joseph, dépendant aujourd'hui de l'Hôtel-de-Ville, et dont le chœur seul, debout aujourd'hui, est transformé en salle d'Archives du Tribunal civil.

Voy. *Album*, 1856, in-8o, recueil tiré à 30 exemplaires, p. 61.

Mais cédons la parole au courriériste de la *Haute-Loire*, un jeune élève de Rhétorique du Collège, déjà enflammé du feu sacré pour l'art dramatique et dont les spirituelles productions, après avoir été applaudies sur plusieurs théâtres de Paris, sont venues depuis recevoir les bravos chaleureux des amateurs de notre bonne ville, où leur auteur compte de nombreux amis :

« Nous pouvons affirmer, dit-il, sans crainte d'être démenti, que notre ville n'a pas eu depuis longtemps une troupe dont le personnel soit aussi bien choisi... Dans la *Reine de seize ans*, Mlle Rose Chéri, qui n'a que quatorze ans, a joué ce rôle difficile avec toute la finesse que l'auteur a voulu y mettre ; elle a toute la grâce de cet âge. Mlles Amélie et Anne sont bien deux des plus gracieuses actrices que nous ayons jamais vues. Les acteurs MM. Cizos, Mériel et Paul ont dignement rempli leurs rôles. Mlle Rose, dans *Estelle*, a eu encore les honneurs de la représentation. Elle a joué, comme dans la première pièce, avec beaucoup d'âme et d'esprit.

« ...Dans les *Sœurs jumelles*, la famille Cizos a figuré presque au grand complet : Mlle Rose, déjà excellente actrice, s'est montrée danseuse accomplie ; voilà bien des qualités pour plaire ! Le petit Victor, qui a joué le rôle d'Antonin dans les *Deux Jumelles*, a beaucoup intéressé et a été très applaudi. »

La deuxième représentation fut plus brillante encore ; Rose Chéri joua dans *Yelva* le rôle difficile d'une muette et montra, d'un bout à l'autre, une sensibilité attendrissante. Rose donnait, en outre, des intermèdes de piano et de danse espagnole qui transportaient les spectateurs d'admiration. Parmi les plus enthousiastes, se trouvait notre rhétoricien, — pourquoi ne le nommerions-nous pas ? — M. Achille Eyraud, et un beau soir qu'on la couvrait d'applaudissements, il jeta sur la scène à la séduisante *divineta* un bouquet de roses contenant le quatrain suivant, bien tourné, ma foi ! pour un poète de dix-sept ans :

Au souffle du matin, sous la rosée écloses,
Jamais roses n'ont eu vos attraits enchanteurs :
La Rose est la reine des fleurs,
Vous êtes la reine des Roses.

Dans l'*Annonciateur*, un jeune chroniqueur qui maniait la plume aussi bien que la parole, M. Eugène Avond, traçait de cette aimable famille un tableau plein de fraîcheur : « Les artistes que nous possédons, c'est un père de famille à la fois l'instituteur et le chef de toute cette heureuse troupe ; c'est la mère qui prend soin, je vous jure, de ces belles demoiselles. Puis, c'est un essaim de joyeuses jeunes filles, Amélie, Anna, Rose....

4

Les beaux noms de quinze ans ! Et comme nous sommes en bon ménage, il faut que les enfants aient part aussi aux applaudissements. Un gros moutard bien tenu, une petite poupée frêle et mignonne que sa maman avait grande envie, j'imagine, de couvrir de baisers, viennent s'ébattre et rire sur le théâtre, comme ils le feraient chez eux. Mais, qu'est-ce à dire ? ne sont-ils pas chez eux mieux que partout ailleurs ? Il y a, dans cette troupe, de quoi rendre jalouses bien des troupes ! C'est à vous que cela s'adresse, Mlles Rose, Anna, Amélie. Encore un coup, les jolis noms ! Ne craignez rien pourtant : nous nous garderons de dire que vous êtes jolies autant que jeunes. Pardon ! nous dirons bien bas que vous avez, vous, Mlle Anna, une taille souple, élégante et des bras blancs et de blanches épaules ; vous, Mlle Rose, de bien belles mains et beaucoup de candeur et beaucoup d'amabilité ; vous enfin, Mlle Amélie, par-dessus tout des yeux mutins ! Eh bon Dieu ! vous n'avez toutes trois qu'à sourire au public ! »

La troupe Cizos donna encore plusieurs charmantes soirées dans lesquelles furent joués : *Le Postillon Franc-Comtois*, comédie-vaudeville ; *Léonce ou le Retour d'Afrique*, drame-vaudeville ; *Trop heureux* ou *Un Jeune Ménage*, le *Facteur* ou la *Justice des Hommes*, etc. Puis l'aimable famille nous quitta pour toujours.

Rose Chéri débuta, trois ans plus tard, au Gymnase, à Paris. Mariée peu après à M. Lemoine-Montigny, directeur de ce théâtre, elle poursuivit sur cette scène une carrière artistique brillante, inspirant à tous autant d'estime pour ses vertus que d'admiration pour son talent (1).

La troupe Durand, venant de Saint-Etienne et jouant la comédie, la tragédie et le vaudeville, passa ici plusieurs mois du printemps de 1840, jouant, entre autres pièces, un essai d'un de nos compatriotes, *Une Reine chez les Francs*, drame en 4 actes par M. Adrien Pascal. (2).

Elle fut remplacée par la troupe Atrux qui tint le théâtre ouvert tout l'été.

Les premiers mois de l'année 1841 furent remplis par les représentations de drames, vaudevilles et comédies joués par les acteurs sous la direction d'une dame Lefèvre, qui firent eux aussi de la décentralisation littéraire, en interprétant le vaudeville d'un autre écrivain anicien, M. Brunel, vau-

(1) Dans son feuilleton des *Débats* du 30 septembre 1861, Jules Janin consacra à la sympathique artiste, morte victime de son dévouement maternel, un article que nos concitoyens qui assistèrent aux soirées de 1839 ne liraient pas sans émotion.

(2) L'un des plus féconds écrivains nés en Velay. Nous citerons notamment son *Histoire des Régiments français.*

deville ayant pour titre : *Une heure de salle de police*.

De 1842 à 1846, notre scène fut successivement occupée par les troupes Gabriel Dépy et Thuillier qui représentèrent les œuvres de V. Hugo, Scribe, Duvert et Lauzanne, Gustave Lemoyne. Sous la direction Dépy, fut jouée une étude historique en vers sur le Velay au xv⁰ siècle, *Jacques Irailh ou la Tour Saint-Mayol* (5 actes et 7 tableaux), due à la plume facile d'un enfant du Puy, Audiard-Bonnet, plus connu comme journaliste (1).

L'impresario, qui avait quelque talent de décorateur, brossa lui-même un des décors de cette pièce qui, malgré ces frais de mise en scène, n'eut qu'un médiocre succès d'estime.

Notre compatriote, Achille Eyraud, fit aussi représenter, en 1845, une petite comédie intitulée *Clara*, où il ridiculise avec verve la manie d'*allonger* son nom devenue endémique surtout depuis 1830. L'année précédente, il avait déjà abordé la scène par un vaudeville, *Marius*.

(1) Mort à Ruoms (Ardèche), le 16 septembre 1875. Voici le titre de son drame mis en brochure : *Jacques Irailh* ou la *Tour-Saint-Mayol*, drame en cinq actes et dix-sept tableaux, tiré de l'histoire locale par J.-B. Audiard, représenté pour la première fois au Puy, le 10 août 1845, par la troupe de M. Gabriel Dépy. — Au Puy, Gaudelet, 1845, in-8⁰.

Sous la même direction, la Société Philharmonique accompagna *Une Journée à Plombières*, opérette de son chef, M. Stanislas Laurent, et dont le libretto était encore dû à un amateur de la ville, M. Bonnefoux.

En mars 1842, Henri Monnier, l'auteur des *scènes populaires*, l'émule de Granville et de Gavarni, le créateur et la vivante personnification de Joseph Prudhomme, le comédien-protée du Vaudeville, était venu, accompagné de sa femme qui jouait les Déjazet, donner deux représentations composées, du *Malade imaginaire*, des *Premières armes de Richelieu*, de *La famille improvisée* et de quelques scènes d'imitation (1).

Trois ans plus tard, nos amateurs de théâtre eurent le plaisir d'entendre une grande tragédienne, l'émule des Duchesnois et des Mars, Mlle Georges, qui, malgré le poids des ans, — elle était presque sexagénaire, — portait fièrement le masque de Melpomène, savait encore animer un personnage, « faire vivre, respirer, parler, agir, palpiter l'idée même du poète, » conservait une tête et des bras incomparablement beaux.

La troupe Labarre, qui possédait une excel-

(1) Chamfleury, dans le travail si complet qu'il a consacré à cet artiste, sa vie, son œuvre. Paris, Dentu, 1879, in-8°, ne parle pas de cette tournée dans notre département.

lente Déjazèt, Mme Lowendal, et un bon comique, Vizentini, prit, en juillet 1847, possession de notre théâtre et y représenta *Trois Rois, trois Dames* comédie de Léon Gozlan et des comédies de Scribe.

La troupe Gay donna, en décembre 1847, quelques vaudevilles et drames insignifiants.

La troupe Labarre revint, à l'automne de 1848, passer quelques jours dans la capitale du Velay et donna notamment *Clarisse Harlowe*, drame d'Alex. Dumas, et un *Voyage d'agrément*, d'Achille Eyraud. Cette petite bluette dénotait déjà chez notre spirituel compatriote, une entente parfaite de la scène et cette vive originalité dont il a tiré un si grand profit, lorsqu'il a entrepris plus tard d'en développer toutes les ressources dans des œuvres plus importantes.

La troupe Stefani fit les campagnes de 1849 et 1850 ; elle ne jouait que le drame, la comédie et n'aborda que deux ou trois fois le vaudeville. Parmi les pièces de son répertoire, nous citerons : *Lazare le Pâtre*, la *Vie de Bohême*, drame d'H. Murger ; le *Chiffonnier de Paris*, drame de Félix Pyat ; *François le Champi*, comédie par G. Sand ; la *Grâce de Dieu*, un des plus grands succès du théâtre de la Gaîté, etc.

Mentionnons la fondation, vers la même époque, de la Société de chant, dirigée par M. Sagedieu,

directeur de la Société philharmonique, dans le but
de répandre et de généraliser l'enseignement de la
musique, par la méthode Wilhelm. En 1855, à
la Société philharmonique succéda l'Orphéon du
Velay.

Fondée par M. Oscar Bonnet (1), cette Société,
dont il serait trop long d'énumérer les succès tant
lyriques que dramatiques, car elle a souvent joué la
comédie sur notre scène, n'a pas failli, depuis lors,
un seul instant, à sa patriotique et utile mission.
Cet heureux résultat est dû pour une large part à
son excellent président, au cœur si dévoué et si
généreux, M. Chabanes, et à son directeur aimé,
M. Pittarch.

Au mois d'octobre 1850, la troupe italienne San-
tiago, ayant longtemps desservi le théâtre de la
Scala à Milan, fit une halte dans nos murs et chanta
la *Norma*, *Il Barbieri*, *Dom Pasquale*, *Luccia*, *Nabuchodonosor*, *Lucrezia Borgia*. L'opéra italien n'a-
vait jamais, croyons-nous, été chanté au Puy, aussi
cette troupe fut-elle très appréciée.

La troupe Blot-Dermilly nous porta, en 1851,
1852 et 1853, quelques vaudevilles, comédies et
drames nouveaux : *L'Honneur et l'Argent* de Ponsard, la *Dame aux Camélias* d'A. Dumas fils, l'*Ex-*

(1) Voy. : *De l'état du chant dans le département
de la Haute-Loire*; *l'Orphéon*, moniteur des orphéons
et sociétés chorales, 15 mars 1856.

piation d'E. Souvestre, l'*Echelle des femmes*, vaudeville de Bayard. Sa présence au Puy, pendant le Congrès scientifique de 1854, ne contribua pas peu à rendre agréable le séjour des hôtes distingués que la ville posséda à cette occasion.

En juillet 1859, commença une série de représentations données par la troupe Giraud, qui joua le *Fils naturel* et la *Question d'argent*, comédies d'A. Dumas; *Pas de fumée sans feu*, vaudeville de Bayard; *Par droit de conquête*, comédie de Legouvé, etc.

Nous possédâmes, en 1860 et 1861, la meilleure troupe qui ait paru sur notre théâtre, dans ces vingt dernières années. Elle était dirigée par M. Lemercier et jouait la comédie, le drame, le vaudeville et l'opérette. Son directeur remplissait avec distinction les premiers rôles. Il avait le port magnifique, « la tête forte et belle, les yeux un peu égarés, pleins d'une lumière étrange, le geste vaste, en un mot, le magnétisme fatal qui impose au public des larmes et des terreurs ». Les premiers rôles tragiques de femme étaient tenus avec des qualités non moins réelles par Mme Guilbert. En 1861, M. Lemercier recruta deux artistes de chant qui, depuis, se sont faits une place honorable au Théâtre-Lyrique : Troy et Mme Darras. Un orchestre d'amateurs était conduit par un artiste bien connu en Auvergne, M. Lemaigre, chef de musique à Clermont.

Enfin, cette troupe eut la bonne fortune d'avoir pour courriériste dans le journal *la Haute-Loire*, un écrivain qui s'est placé dans un rang distingué, comme historien et publiciste, et dont les articles étaient déjà marqués au sceau du bon goût et d'un style vraiment français. Ce courriériste, M. Marius Topin (1), fit, de plus, à cette époque, jouer un charmant vaudeville, plein d'esprit gaulois, intitulé : *Deux époux qui s'adorent.* Parmi les autres pièces représentées par la troupe Lemercier, nous citerons : *Le Testament de César Girodot*, comédie d'A. Bellot ; *la Tireuse de Cartes*, pièce de Victor Séjour ; *la Société du doigt dans l'œil*, vaudeville de Clairville ; *le Duc Job*, comédie de L. Laya ; *Le Piano de Berthe*, *Embrassons-nous*, *Foleville*, *Gentil Bernard*, vaudevilles ; *Le Bonhomme Jadis*, comédie d'H. Murger ; *Le Caporal et la Payse*, vaudeville ; *Jobin et Nanette*, vaudeville ; *La Petite Fadette*, comédie de G. Sand ; *Tromb-Alcazar*, opérette d'Offenbach, dont les airs entraînants avaient déjà commencé à électriser la France entière.

M. Isidore Pharisier, directeur du journal l'*Annonciateur*, fit aussi jouer un drame en quatre actes,

(1) Après avoir dirigé un grand journal, il est, aujourd'hui, Inspecteur-Général des Bibliothèques populaires.

4*

tiré de l'histoire locale, *Pierre de Latour*. Un autre drame du même auteur, intitulé *Ma Campagne*, allait être joué, lorsque la censure crut devoir en interdire la représentation.

Enfin, fut représentée *Jean* et *Jeanne*, opérette d'Achille Eyraud, musique d'Ancessy, qui avait déjà été jouée aux Folies-Nouvelles, à Paris, par un jeune acteur belge débutant en France, Dupuis, devenu le plus-remarquable interprète des œuvres d'Offenbach. « Simple sans affectation, naturel sans fadeur, ce poëme, dit M. Topin, est un chef-d'œuvre de grâce et de charmante naïveté : c'est embaumé d'un parfum champêtre, c'est franc comme un premier amour ; ce n'est pas une œuvre de notre époque, mais bien du temps des Wateau et des Florian. »

Notre compatriote, qui avait déjà fait ses preuves sur un plus grand théâtre, reçut dans sa ville natale, une nouvelle consécration qui ne fut pas pour lui la moins précieuse.

Pendant les années 1861, 1862, 1863, la troupe dramatique du 81e de ligne, en garnison dans notre ville, donna, avec le concours de l'Orphéon du Velay, au profit des pauvres, plusieurs représentations très-goûtées du public.

Elle comptait dans ses rangs plusieurs bons comiques qui, accompagnés par un orchestre d'amateurs, dirigé par M. Ferret, jouèrent à merveille :

Passé minuit, le *Gendre de M. Poirier*, le *Bourreau des Crânes*, le *Théâtre des Zouaves* et autres jolis vaudevilles.

Le 15 avril 1863, elle donna, avec le concours de l'Orphéon et de la musique du 1er de hussards, dirigée par M. Ziégler et de passage au Puy, une fort brillante soirée ; et enfin, peu de jours avant son départ, le 7 mai suivant, une représentation d'adieu, où fut jouée une folie militaire entremêlée de couplets et ayant pour titre : *Partant pour Angoulême* ou *Adieux du 81e de Ligne au Puy*.

Notre théâtre fut occupé, en 1862 et 1863, par la troupe Rouff, qui possédait un excellent comique, nommé Verdelet. Nous relevons dans son répertoire : *Nos Intimes* et *les Ganaches*, comédies de Sardou ; *Un Roman chez la portière*, comédie d'H. Monnier ; *Brouillés depuis Wagram*, vaudeville de L. Thiboust ; *Les Saltimbanques*, comédie de Dumersan ; *Le Tigre du Bengale*, vaudeville de Labiche ; *La Closerie des Genêts*, drame de F. Soulié, et enfin *La Cigale et la Fourmi*, opérette d'A. Eyraud, musique de F. Barbier.

A M. Topin avait succédé comme chroniqueur théâtral à la *Haute-Loire*, un professeur du lycée, M. Claude Perroud, connu par ses travaux historiques.

Les années 1864 et 1865 nous amenèrent la troupe Dupoux-Hilaire qui jouait tous les genres.

L'on s'en souvient encore assez pour que nous
n'ayions pas besoin d'en parler longuement.
Sa meilleure artiste était la femme du directeur,
qui, sans être jolie, nous dit un homme de goût,
portait à merveille le travesti et lançait bien le
mot. Nous nous bornerons de même à enregistrer
rapidement et sans de nombreux commentaires les
troupes qui lui succédèrent et les titres des princi-
pales œuvres interprétées par elles.

Les artistes que nous conduisit M. Dupoux-Hilaire jouèrent, entre autres choses : *Sir John Es-
brouff*, vaudeville de Melesville ; *Orphée aux Enfers*, opéra d'Offenbach ; *Les Prés Saint-Gervais*, comédie de Sardou ; *Maître Guérin*, comédie d'E. Augier ; les *Noces de Jeannette*, et aussi deux nouvelles
opérettes de M. Achille Eyraud, *Brin d'amour*, musique d'Hervé, et *Francastor*, musique de F. Barbier.

Au mois de mars 1865, ils représentèrent *Le
Puy à vol d'oiseau*, revue féerique en trois actes et
huit tableaux, par E. Renauld.

Les frères Dunoyer, à la tête d'artistes fort passa-
bles, nous offrirent, au printemps de 1866. la primeur de la *Famille Benoîton*, comédie de Sardou ;
du *Lion amoureux*, comédie de Ponsard ; d'*Héloïse
Paranquet*, comédie d'A. Durantin ; puis, à l'automne, jouèrent quelques jolis opéras-comiques,
parmi lesquels *Gilles ravisseur*, de Grisar ; *Au clair
de la Lune*, de Tilbac, etc.

Au mois d'août de la même année, le Tout Le Puy alla applaudir Ravel, le spirituel, l'inimitable comique du Palais-Royal, en tournée avec Mlle Elisa Deschamps et qui malheureusement ne donna qu'une seule représentation composée du *Serment d'Horace*, comédie de Murger; du *Caporal et la Payse*, vaudeville de P. de Kock; du *Roman d'une heure*, comédie d'Hoffmann, et des *Ressources de Jonathas*, comédie de Varin.

Au commencement de l'année 1867, la troupe, assez médiocre, dirigée par Ernest Hugues, abandonna le département de Saône-et-Loire pour venir planter sa tente dans nos montagnes. *Nos Bons Villageois*, comédie de Sardou; l'*Orphéon de Fouilly-aux-Oies*, vaudeville de Macquet; le *Dom Juan de Village*, comédie de G. Sand; *Jean-la-Poste*, pièce à grand spectacle de Nus et Dion Boucicaud; les *Filles de Marbre*, comédie de Barrière, etc., tinrent pendant deux mois son affiche.

Au mois de juillet suivant, arriva d'Aurillac la troupe Desplaces, dotée d'une bonne artiste du Châtelet et du Palais-Royal, Mlle Renée d'Abzac de Ladouze. Bien supérieure à sa devancière, elle joua, à la satisfaction générale du public : *Les Pommes du Voisin*, comédie de Sardou; l'*Homme n'est pas parfait*, vaudeville de L. Thiboust; les *Jurons de Cadillac*, comédie de P. Berton; les *Idées de Mme Aubray*, comédie d'A. Dumas fils.

Pendant l'année 1868, quatre troupes de mérites divers affrontèrent le feu de la rampe et la critique des amateurs ponots.

La première, la troupe Dunoyer, que nous connaissons déjà, interpréta d'une facon très suffisante les *Sceptiques*, comédie de Mallefille ; *Paul Forestier* et *Gabrielle*, comédies d'E. Augier ; *Lischen et Fritzchen*, la gracieuse bluette d'Offenbach.

A l'occasion du concours régional, la troupe des Célestins de Lyon vint, au mois de mai, sous la régie de l'inoubliable Lamy, le désopilant comique au type si plein de bonhommie, nous donner trois représentations composées des *Prés-Saint-Gervais*, comédie de Sardou ; de la *Mariée du Mardi-Gras*, vaudeville ; de *M. Choufleuri...*, opéra d'Offenbach, du *Joueur de flûte*, opéra d'Hervé, etc.

Pendant l'automne, les troupes Besombes (ex-acteur de la troupe Lemercier) et Andrieux se partagèrent la scène et y jouèrent *Les Enfants du Velay en 1379*, pièce locale et patriotique en cinq actes ; *La Belle Hélène et la vie Parisienne*, opéras d'Offenbach. Le reste de leur répertoire se composait de vieilleries qu'il serait oiseux de mentionner.

Au printemps de 1869, la troupe Lecomte-Régnier, la dernière troupe sérieuse que nous ayons possédée, vint se fixer, pour trois mois au pied du Mont-Anis et représenta : *Miss Multon*, comédie d'A. Belot ; *La Favorite,* opéra de Donizetti ; *Fleur de thé,* opéra-bouffe de Lecoq ; *Bonsoir, voisin,* opéra-comique d'A. de Beauplan ; *Après le Bal,* vaudeville de Siraudin ; *La Périchole,* opéra d'Offenbach ; *La Revanche de Fortunio,* opéra d'Hervé.

A la fin de «l'année terrible» au mois de novembre 1871, le théâtre qui, depuis près de deux ans, avait vu les filles d'Arachné tisser en paix leurs toiles, rouvrit ses portes à une troupe de chant venant de Montbrison. Elle était conduite par le ténor Girardot, du Théâtre-Lyrique, qui avait réuni sous son sceptre directorial quelques bons artistes, parmi lesquels nous citerons Mlle Mario, jolie et habile cantatrice.

Au printemps suivant, nous eûmes encore quelques soirées de chant assez intéressantes données par la « Compagnie Lyrique parisienne» dirigée par M. Vidal, avec le concours de Mme Géraizer et cinq ou six autres artistes. *Les Bourguignonnes,* opéra-comique de Deffès ; *le Châlet, Galathée, Dom Pasquale, le Toréador, le Maître de Chapelle* furent les principaux opéras-comiques interprétés.

A partir du mois de septembre 1872 jusqu'à la fin de janvier 1873, notre scène fut occupée par une troupe médiocre dirigée par M. Arnal (rien du grand artiste du Gymnase) et s'intitulant pompeusement « Compagnie parisienne de

Gymnase dramatique ». Elle donna quelques pièces du répertoire déjà ancien de Scribe, de d'Ennery, qui attirèrent un public très-restreint. Aussi, pour faire entrer quelques écus dans sa caisse, le directeur dut-il faire aborder par ses artistes un genre auquel ils n'étaient pas familiàrisés et monter *La Périchole*, d'Offenbach, qui fut jouée « à la diable ».

Comme compensation, les quelques personnes restées fidèles à l'art dramatique eurent, le 3 novembre 1872, une surprise des plus agréables.

Mlle Agar, de la Comédie-Française, la grande tragédienne, vint fouler, de son cothurne antique, les planches de notre scène et faire applaudir son beau talent, en interprétant *Phèdre* et *Les Plaideurs*. Ce soir-là, beaucoup reprirent un chemin depuis longtemps oublié et la salle fut comble. Tel fut le dernier régal offert au dilettantisme ponot et, depuis lors, les friands du grand art ont dû aller en chercher au loin les manifestations.

De la troupe Blondy, qui arriva au Puy, au mois d'octobre 1873, pour en repartir au mois de mars suivant, nous avons peu de choses à dire, si ce n'est qu'elle interprêta une comédie nouvelle, *Agiotage et Ménage*, de notre compatriote A. Eyraud.

Au printemps de 1874, *La Fille de Madame Angot*, « l'immense succès parisien », nous fut porté par les acteurs de MM. Ridoux et Mary-

Marcell et ramena, pour quelques soirées, la
foule au théâtre. Nos bisaïeux qui, en 1811,
avaient vu *Madame Angot au Sérail de Constan-
tinople*, furent obligés de déclarer que la fille
ne le cédait en rien à la mère et n'était pas
moins « forte en gueule ». Cette même troupe
joua une revue intitulée *Tout le Puy le verra
et le Breuil aussi !* sorte d'*olla podrida* littéraire et musicale adaptée aux us et coutumes
modernes de la cité. Elle eut le don de charmer tout particulièrement le parterre dont l'enthousiasme fut porté à son comble lorsque les
artistes dansèrent une classique bourrée aux sons
du même crincrin qui, le dimanche, faisait sau-
ter la jeunesse ponote à Bellevue.

Les troupes Géraldi et Delusse — cette dernière
dirigée par un artiste des Bouffes-Parisiens — s'é-
loignèrent à tire-d'aile, en septembre 1875, après
une seule représentation, d'une ville où ils n'a-
vaient pas « fait leurs frais ». Le public habituel
de notre théâtre était tombé dans une léthargie
profonde, ou, pour être plus juste, osait de moins
en moins s'aventurer dans une enceinte menaçant
ruine et que les rats eux-mêmes avaient fui
par mesure de sûreté.

La troupe Delatte composée d'assez bons élé-
ments, chercha en vain à le galvaniser, soit au
mois d'octobre de cette année, soit au printemps

suivant. Son répertoire renfermait pourtant un certain nombre de nouveautés en vogue : *Les Lionnes Pauvres, Patrie, Séraphine*, de Sardou ; *La Boule*, de Meilhac ; *Le Procès Vauradieux*, d'Hennequin et Delacour ; *Le Panaché*, de Gondinet ; plus, *Le Retour imprévu*, scènes de mœurs locales en un acte, par Claude Mick (F. Micolon), représentée pour la première fois sur le théâtre d'Yssingeaux, quelques mois avant, etc. Rien n'y fit, notre théâtre agonisait ; aussi, ne mentionnerons-nous que pour mémoire les troupes qui vinrent encore, pendant deux ans, lui demander une hospitalité misérable.

En avril 1877, M. Ariste — de la Comédie Française (1) — nous offrit une seule représentation composée du *Bonhomme jadis*, comédie de Murger, et des *Noces de Jeannette*.

Pendant la période du Seize-Mai, au mois de juin, la troupe Paul Roche vint apporter une légère diversion aux préoccupations assiégeant les esprits ; mais la pièce à grand spectacle qui se jouait pour lors sur la scène électorale et était gratuite, fit grand tort à ces artistes, ainsi qu'à ceux qui sous la conduite de M. Ch. Launay, de l'Odéon, nous donnèrent, à la fin d'octobre, deux représentations de quelques pièces du Palais-Royal.

(1) M. Ariste avait débuté à la Comédie-Française, le 27 juin 1860, par Valère, de *l'École des Maris*. Il y resta 3 ans comme pensionnaire.

La dernière troupe échouée sur nos planches de plus en plus vermoulues fut celle de M. Emile Vasselot, dit Emile-Auguste, qui nous arriva avec les premières hirondelles de 1878. Son souvenir est encore trop présent à l'esprit de nos lecteurs pour que nous ayions à discuter ses mérites. Elle comptait dans ses rangs une tragédienne d'une certaine valeur, Mlle Lucrèce, un premier rôle, M. Delaistre, au-dessus de la moyenne, le directeur, au jeu correct quoique par trop élégiaque, une duègne fort passable, Mme Cavé, et enfin un souffleur, Max. Güffroy, ancien correcteur d'imprimerie au Puy.

L'emploi de ce dernier n'était certes pas une sinécure, les acteurs de M. Emile-Auguste sachant, en général, fort peu leurs rôles trop souvent renouvelés. En moins de trois mois, ils nous donnèrent, en effet, plus de vingt pièces différentes, parmi lesquelles : *Orphée aux Enfers, Marceau* ou *Les Enfants de la République, Les Dominos Roses, Les Martyrs de Strasbourg* ou *l'Alsace en* 1870, *Les Cloches de Corneville,* dont la mise en branle imposa à la direction des sacrifices relativement lourds, etc.

Une comédie nouvelle de M. Achille Eyraud (1),

(1) Outre les pièces citées dans cette notice, M. Eyraud a fait jouer sur diverses scènes parisiennes, les œuvres suivantes :

Mademoiselle Pivert, déjà jouée à Paris, fut de plus interprétée et chaudement applaudie comme toutes les productions de l'auteur. « L'action de cette pièce — elle se déroule à Yssingeaux — est simple, dit M. de Lapommeraye dans son feuilleton de *La France* ; mais M. Eyraud, se proposant de peindre un caractère, n'a pas cherché à imaginer un imbroglio compliqué, bourré de péripéties et de surprises. Il s'est contenté de lier entr'elles des scènes de détail ayant pour objet d'éclairer, sur toutes les faces, le type de la vieille fille aigrie par des déceptions du cœur. »

Le 21 juillet 1878, à la suite d'une représentation composée de *Trente Ans ou la Vie d'un Joueur*, et d'un court vaudeville, *Le Père malgré lui*, dû à la collaboration de deux jeunes maîtres d'études du Lycée, les portes de notre vieux théâtre se fermèrent pour la dernière fois.

Scaramouche, pantomime en deux actes, musique d'Hervé (1854); *Un cousin retour de l'Inde*, opérette en collaboration avec M. Roussy (1868); *L'Eternelle Comédie*, comédie, 1877; *La Conférence* de droit comique dite par Saint-Germain au Gymnase (1879); et enfin *Le Rat de Ville et le Rat des Champs*, opérette (septembre 1880.)

APPENDICE

———

Nous détachons d'une intéressante brochure (1) publiée,en 1823, par notre compatriote Dumaniant, quelques passages qui feront connaître à nos lecteurs certains détails de l'organisation théâtrale, à la fin du dernier siècle et au commencement de celui-ci. L'auteur était, mieux que personne, apte à traiter un pareil sujet. Depuis près de cinquante ans, il avait été successivement acteur dans plusieurs troupes ambulantes, aux Variétés de Paris, directeur de la Porte Saint-Martin, secrétaire général de l'Odéon; puis, en 1816, entrepreneur bre-

(1) DE LA SITUATION DES THÉATRES *dans les départements* et des moyens de prévenir la décadence totale de l'art théâtral, de donner un état stable à ceux qui l'exercent et de leur assurer des pensions en retraite, sans demander aucun secours au gouvernement, par A.-J. Dumaniant, auteur dramatique et directeur du 15ᵉ arrondissement théâtral.

Paris, Barba, 1823, in-8. Clermont-Ferrand, imprimerie d'Auguste Veysset.

veté des spectacles de province, fonctions qu'il occupa jusqu'à sa mort, en 1828. Aussi, devait-il à cette longue pratique une connaissance profonde des mystères des coulisses, une entente parfaite du choix tant des directeurs que des sujets de comédie.

Le théâtre du Puy, dépendant alors du XVe arrondissement théâtral dont Dumaniant était directeur, est redevable à cette haute compétence des deux meilleures troupes qu'il ait peut-être possédées.

Le directeur de l'une d'elles, Saint-Romain, réalisait, au dire de Dumaniant, le type du parfait impresario qui doit réunir un grand nombre de qualités : « Il lui faut quelquefois les talents d'un diplomate pour concilier deux actrices rivales, des formes honnêtes pour correspondre avec les autorités, le ton d'un homme du monde avec le public, la présence d'esprit pour remédier aux accidents imprévus, des connaissances littéraires pour le choix des ouvrages, l'habitude de la scène pour les faire monter avec soin et une activité sans relâche pour veiller aux différentes parties de son administration. »

Dumaniant nous donne de nombreux aperçus de la situation théâtrale avant la Révolution. « Avant cette époque, dit-il, les comédiens s'étaient multipliés à l'infini ; on en trouvait dans de petites villes, et même dans des bourgs où

un directeur de marionnettes, dont les acteurs ne
mangent pas, qu'on habille et qu'on voyage à
peu de frais, aurait eu de peine à se soutenir.
Ces prétendus comédiens mouraient de faim ou
vivaient aux dépens de ceux qui leur faisaient
crédit. Aux préjugés qui flétrissaient alors les personnes attachées au théâtre, préjugés qui sont
loin d'être détruits dans les petites villes, se joi-
gnait le mépris que l'on a partout pour ceux qui
sont dans la misère.

« Le mal était à son comble lorsqu'on forma
les arrondissements de théâtre ; il fallut un livret
pour être directeur de spectacles et le nombre de
ces directeurs fut fixé à vingt-cinq. Nul autre qu'eux
ne put conduire des troupes de comédie dans les
départements qu'ils avaient le droit de parcourir.
Dès lors on vit disparaître cette nuée de pauvres
histrions qui, pour avoir appris tant bien que mal
quelques pièces où il ne faut qu'un petit nombre de personnages, ressemblaient aux harpies et
gâtaient tout ce qu'ils touchaient. Chacun reprit
son premier état ; ils en furent plus heureux.

« La division des arrondissements fut faite géo-
graphiquement, une carte à la main. Sous ce point
de vue, ce travail offrait tous les avantages que
l'on peut désirer, pour faciliter les déplacements de
ces troupes voyageuses. Il n'y aurait que des élo-
ges à en faire; si toutes les villes d'un arrondisse-

ment étaient d'une population à peu près la même;
mais il n'en est pas ainsi. De là naît l'impossibi-
lité de composer des troupes qu'on puisse faire
vivre également dans toutes les villes où on a le
droit de les conduire. »

La France abondait alors, comme elle abonde encore aujourd'hui, en artistes de différents genres qui
n'ont d'autres moyens d'existence que ceux qu'ils
prélèvent sur la curiosité du public. Les physiciens,
les écuyers, les musiciens, les danseurs de cordes
ont de tout temps causé un préjudice considérable aux troupes théâtrales et c'est à bon droit que
Dumaniant se plaint d'en avoir été lui-même victime.

En terminant, l'auteur expose des vues fort ju-
dicieuses sur le recrutement des troupes ambulantes et la création à Paris d'une agence générale
destinée à fournir de comédiens les scènes de
province.

FIN.

Le Puy, imprimerie Marchessou fils.

www.ingramcontent.com/pod-product-compliance
Lightning Source LLC
Chambersburg PA
CBHW060432260626
47161CB00005B/1891